樂 府

·

心里满了，就从口中溢出

故事形态学

[俄罗斯] 弗拉基米尔·雅可夫列维奇·普罗普　著

贾放　译　施用勤　校

МОРФОЛОГИЯ СКАЗКИ

Владимир
Яковлевич Пропп

SPM
南方传媒　广东人民出版社
·广州·

弗拉基米尔·雅可夫列维奇·普罗普

弗·雅·普罗普与《故事形态学》

谢尔盖·尤里耶维奇·涅赫留多夫

有一个概念叫作"世纪人"。人们有时这样称呼那些在一个时代的文化生活或社会生活中留下鲜明印迹者。现在已然是开始对即将过去的世纪进行总结的时候了，可以满怀信心地说：在二十世纪最有影响的人文学者——如罗曼·雅各布森或克罗德·列维-斯特劳斯——名单上，将要写上弗拉基米尔·雅可夫列维奇·普罗普的名字。

有一些书成为了事件，成为了发现：它们彻底改变了学界观察对象的眼光，引领学界走出研究方法的停滞状态，在数十年间给予后起的研究以前进的动力。毫无疑问，《故事形态学》属于此类书籍之列，弗·雅·普罗普首先因为是这本书的作者而成为"世纪人"。

在弗·雅·普罗普的学术创作中，故事学问题占据着中心地位。他的第一本著作就是《故事形态学》（1928），他的文章中相当可观的部分以及六本专著中的三本是专门研究故事的。在其学术活动的最初二十年间，即直至《神奇故事的历史根源》问世（1946），他几乎是专攻故事，此后又不止一次地回到这个题目上来：筹备出版亚·尼·阿法纳西耶夫的故事集（1957—1958），分析连环故事，在国立列宁格勒大学开设专题课——他去世后出版的著作《俄罗斯故事论》（1984）就是根据该专题课整理而成的。

不过，关键并不在于故事学著作在这位学者的学术遗产中占有数量优势，而在于二十世纪语文学界最具影响力的发现之一恰恰是由他在故事学领域提出的。弗·雅·普罗普这些研究中对情节的透视，是以研究起源为目的（"……在阐述故事是从何而来这个问题之前，必须先回答它'是什么'这个问题"[1]）的对现象结构的描写（《形态学》）。出乎意料的是，第一阶段，即分析的"铺垫"阶段结果的影响力，大大超过了"主干"阶段的结果。弗·雅·普罗普的其他著作无法与《故事形态学》相提并论，无论那些著作多么突出、多么才华横溢和富于独创。

"普罗普公式"理念的深刻和广博使它具有非凡的生命力，它并不受创始者本人的束缚，普罗普不止一次地抗议对其发现做泛化的解释。后来弗·雅·普罗普甚至倾向于放弃"形态学"这个术语，而用术语"组合"来代替它；[2]至少在《俄罗斯故事论》一书中就没有使用"故事形态学"这一说法。这恰好令人想起最初的书名是"神奇故事形态学"，[3]而初次预告该研究成果时的命名还要更贴切些："俄罗斯神奇故事形态学"。[4]不过，大概有一点那时已经明确，就是研究结果将远远超过起初的构想，因而就有了最终的定名

1　弗·雅·普罗普，《故事形态学》，莫斯科，1969，第10—11页。

2　弗·雅·普罗普，论文集《民间文学与现实》，莫斯科，1976，第141页。

3　同上，第136页。

4　《故事委员会1926年工作通报》，列宁格勒，1927，第48—49页。

"故事形态学"，言简意赅。

书中所包含的认识论意义上的可能性以及建构的可能性如此巨大，以至于才过了三十年的时间，在人文学科就形成了足以理解它的语境。该书对当代描述性科学整个领域（即构建叙事文本理论，而且不仅仅是民间文学叙事文本理论）发生了巨大的影响。弗·雅·普罗普的其他一些研究并无类似命运。这些研究一般来说自身就有很高的绝对价值，还与《故事形态学》交相辉映。对于普罗普的故事学研究来说，此说绝对是公允之论，因为它们确实构成了一个研究系列——从《故事形态学》和《神奇故事的衍化》对单个故事情节、主题以及母题的分析，到《神奇故事的历史根源》。

如同所有的发现一样，《故事形态学》的思想是不期然产生的。作者对其缘起的解释颇具启发性：它萌生于十分偶然的"用新眼光"观察。弗·雅·普罗普从圣彼得堡大学毕业之后，为了弥补教育的不足，开始阅读阿法纳西耶夫的故事集。[1]《故事形态学》的第一章将他所做的研究与世界民间文艺学更为广阔的语境结合起来，而对以往故事学传统做了批判性检视——这很可能是后写的。但他自然有其所本的语文学概念系统，维谢洛夫斯基的历史诗学著作在这方面具有优先意义。什克洛夫斯基的《散文理论》也有着明显的影响，尽管"形态学"这一思想本身与形式主义学派将文学作品看作创作手法系统的观点（用于民间文学研究未必有效）并无直接联

1 弗·雅·普罗普，论文集《民间文学与现实》，莫斯科，1976，第141页。

系。它另有其他哲学及方法论根基。[1]

弗·雅·普罗普曾专门强调过，"形态学"这一术语与语法学无关——它借自歌德，歌德将其运用于植物学和骨学，其中包含着较为广泛的本体论内涵。[2] 研究者们由于《故事形态学》第一个英译本删除歌德题辞而生的困扰正可以由此释然，那些题辞绝不是点缀，而是表达了该书的基本思想，作者在进行创作时已经做了"笼统的勾勒"："自然领域与人类创作领域是分不开的。有某种东西将它们联结在一起，它们有某些共同的规律，这些规律可以用相同的方法进行研究。"在与《故事形态学》几乎同时发表的《神奇故事的衍化》一文中，关于这一点，作者写道："故事研究在许多方面可以与自然界有机物的研究进行比较……无论在此或在彼，都可能会有两种观点：或者认为两种表面没有关联也不会有关联的现象的内部相似并没有共同的遗传根源——这是物种独立产生论；或者认为这种形态相似是某种遗传联系的结果——这是源于或此或彼原因而发生变形和衍化的起源论。"[3]

正是在这些想法的支配下，他对 Н. Я. 马尔及其追随者用于民间文学材料的"古生物学"方法加以赞评。弗·雅·普罗普在此发

1　这令人想起弗·雅·普罗普在大学时代曾拜访过青年圣彼得堡语文学家与诗人小组（当时以德国浪漫主义领导小组的是还处于"前诗语研究会"时期的 В. М. 日尔蒙斯基和 Б. М. 艾亨鲍乌姆，Ю. А. 尼科尔斯基，Е. Р. 玛尔金娜，В. А. 罗日杰斯特文斯基），他们以对艺术创作哲学、对浪漫主义诗学与美学的兴趣而结合在一起；向我指出这一事实的是 Р. Д. 季缅契克。

2　弗·雅·普罗普，《故事形态学》，莫斯科，1969，第 7 页；弗·雅·普罗普，论文集《民间文学与现实》，莫斯科，1976，第 134 页。

3　弗·雅·普罗普，论文集《民间文学与现实》，莫斯科，1976，第 155 页。

现了阶段性历史分析的另一面，他认为这是苏联民间文艺学的主要成就之一。[1] 如果回忆起以上所说的所有这些话，这一阶段性发展的原则便与生物进化规律完全类似："达尔文所提出的'物种起源'问题，也可以在我们的领域提出来。"[2]

这个"阶段形态"原则在三十年代的若干民间文艺学著作中有过研究。例如，蒙古学学者 Г. Д. 山热耶夫就不仅积极地使用弗·雅·普罗普的术语体系（叙事"回合"、"加害者"），而且完全"用普罗普的精神"来分析自己的材料，得出史诗"分层构成"的概念，在相当程度上与考古文献接近。[3] 对作者来说，诸多史诗作品是一部民族史诗处于不同发展阶段的变体；这怎不让我们想起弗·雅·普罗普不变的结构公式以及他在《故事形态学》题辞中借歌德"原型植物"（Urpflanze）对它所做的解释！[4]

关于退化论和对"阶段进化"公式过分沉迷的指责在此未必正确。必须牢记弗·雅·普罗普进行研究时的观念基础形成于另一个时代和另一种精神氛围之中，当时传统的历史存在是其研究的必然对象，而他对历史过程本身具有本质上不同的理解。此外，用现代语言来说，处于分析范围之内的是结构确定的作品及传统，而不是原则上"开放的"文本及文本间的关系。居于科学认识核心的，更多的是整体的、完整的、自给自足的文化形式，对模糊不清的

1　弗·雅·普罗普，《俄罗斯故事》，莫斯科，1976，第153页。
2　弗·雅·普罗普，论文集《民间文学与现实》，列宁格勒，1984，第161—170页。
3　Г. Д. 山热耶夫，《北方布利亚特人的史诗》。载阿拉木依·梅尔艮编《布利亚特史诗》，莫斯科-列宁格勒，1936。
4　弗·雅·普罗普，《故事形态学》，莫斯科，1969，第83页。

"中间"地带的关注远远不及前者，对后者的兴趣到后结构主义和解构主义时代才高涨起来。

在那个时代追求的是明晰性而且有所发现。我认为，弗·雅·普罗普是这类明晰性思维的理想的表达者。他所使用的整套分析手段丝丝入扣，而分析的结果在简洁明了和有序性方面极其令人信服。正是这一点，与其巨大的天才相结合，使得他在学界成为众望所归的人物。

弗·雅·普罗普是举世公认的结构主义民间文艺学的奠基人，在人文科学中提炼和运用结构方法的初步尝试之一要归功于他，但是，我要再重复一遍：所有这些只是与作为《故事形态学》作者的他相关。如上所说，它对弗·雅·普罗普本人来说全然是进入了另一个科学命题，这个命题在六十年代业已完成，这本书这时在结构—符号学研究的新语境中获得了重生。这多少可以理解为什么类似的研究，包括对著名的"普罗普公式"的众多阐释，曾经受到了冷落。

他饱经时代所能给予他的一切：既有粗暴的意识形态攻击的狂风骤雨，也有对他那"超前"的处女作深刻内涵的长期不理解，还有一个语文学学者所可能获得的真正的世界声誉。

原文载《古风今存》(《Живая старина》)

1995第3(7)期，第29—30页，莫斯科

序言

弗·雅·普罗普

> 形态学理当获得合法的地位，它把在其他学科中泛泛论及的东西作为自己的主要对象，把那些散落在各处的东西收集起来，并确立一种令人可以轻而易举地观察自然事物的新的角度。形态学所研究的现象是相当重要的，它借助于理性的运作对现象进行比较，这些理性的运作合乎人类的天性并使其愉悦，哪怕是不成功的经验也依然在自身中将效用与美结合在一起。
>
> ——歌德

"形态学"一词意味着关于形式的学说。在植物学中，形态学指的是关于植物的各个组成部分、关于这些组成部分之间的相互关系以及它们与整体的关系的学说，换句话说，指的是植物结构的学说。

从不曾有人想到过"故事形态学"这一概念和术语的可能性。然而，在民间故事领域里，对形式进行考察并确定其结构的规律性，也能像有机物的形态学一样地精确。

如果无法从整体上、从故事的整个范围来确定这一点，那么从各个方面来说确定称之为"神奇故事"，即真正意义上的故事是可能的。此书研究的只是神奇故事。

这项实验，是极其细致耐心的工作的结果。像这样的对比要求研究者有一定的耐心。但我们还是努力地寻找到一种不过于考验读者耐心的叙述形式，尽可能地简化和缩短叙述。

这项工作经历了三个阶段。最初这是一项含有大量图表、纲要、分析的大范围研究。仅它的巨大篇幅就注定了它不可能发表。后来进行了缩减，在最大限度地保留内容的同时，将篇幅压缩到最小。但这种简缩的叙述似乎又非一般读者所能理解：它接近于一本语法教科书或和声学的教科书。叙述形式不得不改变。有一些东西的确是无法讲得很通俗，这本书里就有这样的东西。但依然希望这本书以现有的形式为每一个喜爱故事的人所理解，如果他愿意跟随我们进入丰富多彩的故事的迷宫，这种丰富多彩最终将会在他的面前呈现出奇妙的一致性。

为了更加简洁生动的叙述，不得不放弃了很多专家也许会珍惜的东西。书的最初形式除了下面提供的那些部分外，还包括对角色（即人物本身）标志物这一丰富领域的研究；书中详尽地论及了变形的问题，即故事的衍化；还有大量的进行比较的图表（只有它们的标题还保留在附录里），在全书之前有较为严谨的方法概述。打算进行研究的不仅有故事的形态结构，还有其十分特殊的逻辑结构，这将为故事的历史研究打下基础。在这里被划分出来的那些要素本身，经过了详细的考察和对比，叙述更要细致些。但要素的划分构成了全书的轴心并预先注定了结论。有经验的读者自己会完成这些草图。

目录

第一章　问题的历史　001

第二章　方法与材料　021

第三章　角色的功能　031

第四章　同化。一个功能项具有双重形态意义的几种情形　073

第五章　故事的若干其他成分　081

第六章　根据角色排列功能项　093

第七章　新角色进入行动过程的几种方式　101

第八章　关于角色标志及其意义　107

第九章　故事作为一个整体　115

附录

　　用于故事符号记录的材料　151

　　进一步的分析例证　163

　　诸图式及其注释　174

　　省略标记表　185

阿法纳西耶夫故事的革命前版本里的编号与革命后版本里的编号
对应表　191

神奇故事的衍化　193

神奇故事的结构研究与历史研究　223

在1965年春天纪念会上的讲话　248

故事分析诸图式　255

自传　257

译后记　258
中文版再版后记　266

第 一 章

◆

问 题 的 历 史

从我们的立足点看待科学的历史永远是非常重要的；是的，我们高度评价我们的前驱者并颇为感谢他们所做的贡献。但是谁都不喜欢把他们看成是被不可遏止的癖好引入危险的、有时是走投无路境地的受难者；不过，为我们的存在奠定了基础的前辈们，往往比消耗这笔遗产的后人有更多的严肃性。

——歌德

在本世纪（指二十世纪）的前三十年，关于故事的学术研究文献不能说很丰富。除了少有著作出版以外，图书综合报告还展示出以下图景：文本出版得最多，谈论局部问题的文章亦很可观，整体性的著述则相对比较少。这类著述如果说有的话，那大多也不是严格意义上的研究性质，只是玄想式的空泛之论而已。它们令人想起上个世纪那些博学的自然哲学家的著作，然而我们需要的却是精确的观察、分析和结论。M. 斯佩兰斯基（M. Сперанский）教授曾对这种状态进行过描述："科学的民族学要继续探究，不应停留在已有的结论上，由于它已经收集到的材料还不足以建立一个一般性的体系，因而，学界还要着手材料的收集以及为了后代对这些材料进行加工，至于能做出什么样的概括、我们什么时候能做出来——无人知晓。"

这种无奈原因何在？二十年代的故事研究为什么会钻进这条死胡同呢？

斯佩兰斯基将其归咎于材料不足。但从上面那些话问世至今，又过去了许多年。在此期间，鲍里特和波利夫卡（Bolte，Polivka）那部名之以《格林兄弟故事集注》的鸿篇巨制业已完成。这个集子里的每个故事都列出了全世界的异文。最后部分是索引，那里编入了作者所知道的所有故事集以及其他含有故事的资料。这份目录包括了近1200个故事名称。材料中确实有一些偶然性的、无足轻重的东西，但还有像《一千零一夜》或阿法纳西耶夫的有400个文本的大型故事集。但这还不是全部。还有大量的故事材料未曾出版，一部分甚至未列入目录。这些材料保存在各个机构的档案馆以及个人手里。这些收集中有一些对专家是开放的。托福于此，鲍里特和波利夫卡的材料在某些情况下还可能会增加。但若如此，那么究竟一共有多大数量的故事供我们支配呢？还有，那种连一条已发表材料都不知道的研究者还多吗？

在这种条件下说"已收集的材料还嫌不足"，颇不恰当。

总之，问题不在于材料的数量。问题在别的方面：在于研究的方法。

当数理科学已经拥有严整的分类法、为学界认可的统一术语系统、薪火相传不断完善的研究方法时，我们还没有这一切。故事材料的五光十色和五花八门，使得清晰严谨地提出问题并做出解答显得十分困难。现在这篇概述并非旨在追求对故事研究史的连贯叙述。在一篇简短的引言里这是不可能的，也没有太大的必要，因为这段历史已经被不止一次地讲述过。我们将只是尽力对解答故事研究若干基本问题的尝试做一个批判性的阐述，并且顺便也把读者引入这些问题的范围。

毋庸置疑，我们周围的现象和对象可以或者从其构成与结构方面，或者从其起源方面，或者从其所经历的变化和过程方面进行研究。无论什么现象，只有在对其进行描述之后才能去谈论它的起源，这也是无须任何证明就十分清楚的事。

然而，已有的故事研究主要还只是起源学方面的，大部分没有试着去做一个初步的系统描述。关于故事的历史研究我们暂且不谈，我们将只谈对它们的描述——因为若像通常所做的那样，未对描述问题做一番专门的阐述便去谈起源学问题，是徒劳无益的。显然，在阐述**故事是从何而来**这个问题之前，必须先回答**它是什么**这个问题。

由于故事极其丰富多样，显然不可能一下子展开全方位的研究，那么应该把材料分成不同的部分，即对它进行分类。正确的分类是科学描述的初阶之一。下一步研究的正确性有赖于分类的正确性。不过，即使分类是所有研究的基础，它本身也应该是一定的初步研究的结果。然而，我们所看到的恰恰是相反的情况：大部分研究者始于从外部引入材料的分类，而不是根据实质从材料中得出来。就像我们接下去会看到的，分类者们除此之外常常在破坏最简单的划分规则。我们在这里找到了斯佩兰斯基所说的钻进死胡同的原因之一。

让我们来着重研究几个例子。

最常见的对故事的划分，就是把它们分成有神奇内容的故事、日常生活故事、动物故事。[1]初看起来一切都没错。但有一个问题却会不由自主地冒出来：难道动物故事不包含神奇的因素，有时还是在相当大的程度上？相反，不正是动物们在神奇故事中发挥着很大的作用吗？可以认为这个标志是足够准确的吗？例如，阿法纳西耶夫将渔夫和金鱼的故事归入了动物故事。他对不对呢？如果不对，那是为什么？下面我们将会看到，故事极容易将同样的行动归在不同的人、物件、动物的名下。这条规则主要适合于那些所谓神奇故事，但在一般的故事里也能碰到。这方面最有名的一个例子是分收成的故事（"米沙，枝梢给我，根儿给你"）。在俄罗斯被骗的是熊，在西方则是鬼。所以，收入了西方异文的这个故事突然就退出了动物故事类。它又进入了哪一类呢？显然，这不是日常生活故事，因为日常生活中哪里能见到用类似方法分收成的？但这也不算有神奇内容的故事。在该分类法中它无处容身。

但是，我们将会证明，人们所引用的分类法按照其原理是对的。研究者们在这里是被本能所左右，他们所言与实际所感不相一

1　这是 B. Ф. 米勒提出的。这个分类法实质上与神话学派的分类法（神话故事、动物故事、日常生活故事）相吻合。

致。谁若将火鸟和灰狼的故事归入动物故事，大概不能算错。在我们看来，阿法纳西耶夫在金鱼的故事上就是错了，这也是十分清楚的。但我们看到这一点，不是因为故事里出现或不出现动物，而是因为神奇故事具有十分特殊的结构，它立刻可以被感觉到，并以此确定了故事所属的类别——虽说我们意识不到这一点。说起来，每个研究者在根据以上所引用的模式进行分类时，事实上是按其他方式进行的。可是，矛盾的是，他这么做恰恰就对了。但如果是这样，即尚未经过研究甚至尚未确定的故事结构被下意识地作为划分的基础，那么就应该将整个故事分类法置于新的轨道。必须将它转向形式的、结构的标志。为了做到这一点，应该来研究一下这些标志。

　　不过，我们太超前了。以上所描绘的状况迄今仍不明确。实际上后来的尝试并未带来改善。例如，文特（Wundt）在他那本有名的著作《民众心理》中提出了以下划分：

　　　　（1）神话寓言故事。

　　　　（2）纯粹的神奇故事。

　　　　（3）生物的故事和寓言。

　　　　（4）纯粹的动物寓言。

　　　　（5）起源故事。

　　　　（6）滑稽的故事和寓言。

　　　　（7）道德寓言。

　　这个分类法比以前的那些丰富了许多，但它也招致了不少反对意见。寓言（这个术语在7类中出现了5次）是一个形式范畴。文特用它来指什么并不清楚。"滑稽故事"这个术语让人完全弄不懂，因为这样的故事可以被视为英雄式的，也可以被视为喜剧式的。接下去还要问的是："纯粹的动物寓言"与"道德寓言"之间有什么区别？为什么"纯粹的"寓言不是"道德的"寓言？反之亦然。

　　上面分析的分类法涉及将故事按类别进行分类，与按**类别**对故事进行分类并列的还有按**情节**分类。

　　如果说按类别进行分类整理的情况并不如人意的话，那么按情节划分则是一片混乱。我们不去谈论"情节"这类复杂而又不确定的概念，它要么根本未被说明，要么大家各执一词。我们不妨断言在先：按情节来划分神奇故事，实际上根本不可能。如同按类别划分一样，它也应该被置于新的轨道。故事有一个特点：一个故事的组成部分可以原封不动地搬入另一个故事。这条转移律暂且仅限于指出下文将详加阐述，比如说，以老妖婆为例，她会出现在各种各样的故事、各种各样的情节中。这一特征是故事所专有的。然而，不顾及这个特点，情节一般是这样定义的：取故事的某一个部分（常常是偶然的，看到什么算什么），加上一个介词"关于"，定义就出来了。比如说故事中有与蛇妖的战斗，这就是"关于与蛇妖作战的故事"，故事中有科谢依，那就是"关于科谢依的故事"，诸如此类，并且在决定性要素的选择上并无一个统一的原则。如果这时想到转移律的话，那么逻辑上就不可避免会出现混乱，或者说得更确切些，会出现交叉划分，而这样的分类法总是会歪曲所研究材料的实质，而且分类整理的基本原则首尾不一——破坏了最起码的逻辑规则之一。此种状况沿袭至今。

　　我们不妨举出两个例子来说明这种状况。1924年敖德萨出版了 P. M. 沃尔科夫（P. M. Волков）教授一本论故事的书。沃尔科夫在其著作的一开头便断言，幻想故事有15个情节。这些情节如下：

　　（1）关于无辜的被逐者。

　　（2）关于傻子主人公。

　　（3）关于三兄弟。

　　（4）关于斗蛇妖勇士。

　　（5）关于获得未婚妻。

　　（6）关于聪明的姑娘。

　　（7）关于中魔咒者和中魔法者。

　　（8）关于拥有护身符者。

　　（9）关于拥有神奇物件者。

　　（10）关于不忠实的妻子。

　　…………

　　这15个情节是如何确定的没有加以说明。如果我们仔细观察一下划分的原则，那就会得出以下结论：第一类是按照开场定义的（我们下面将会看到，这里的确是开场），第二类则是按照主人公的性格，第三类呢，是按照主人公的数目，第四类又按照情节进程中的一个环节了，如此等等。这样一来，划分全然无章可循，结果就是乱作一团。难道没有三个兄弟（第三类）给自己找到了未婚妻（第五类）的故事吗？难道没有拥有护身符者借助这个护身符惩罚不忠实的妻子？这样说来，该分类法不能算是准确意义上的科学的分类法，它充其量是个用途有限的索引，其价值大可怀疑。类似的分类法，难道能跟并非心血来潮，而是对材料进行精确和长时间研究的植物或动物分类法同日而语吗？

我们既然言及情节分类问题，就无法对安吉·阿尔奈（Aarne，1911）的故事索引保持缄默。阿尔奈是所谓芬兰学派的奠基人之一。这个学派的研究成果是当代故事研究的巅峰。本书无意对这个流派做什么评价。我们将仅仅指出一点：在该流派的学术文献中有数量繁多的关于单个情节异文的文章和札记，这些异文的来路有时令人意想不到。它们日渐积累，数量可观，但系统的研究却付诸阙如。新流派的注意力主要投向于此：这个学派的代表人物按照单个情节的异文在世界的传播来进行采集和比较。材料按照事先编定的系统根据地理民族志分组，然后得出关于情节的产生、传播和基本结构的结论。不过这个方法招致了一连串的诘难。如下文所见，诸情节（尤其是神奇故事的情节）彼此之间有着极为密切的亲缘关系。只有在进行故事情节间的研究和准确规定情节与异文的筛选原则之后，才能确定此情节及其异文止于何处而彼情节始于何处。但这些都还没有。诸元素的转移特性在此尚未受到注意。这个学派的研究出于一个他们没有意识到的前提，即每个情节都是某种有机整体，它可以从其他一系列的情节中抽取出来独立地加以研究。

　　而完全客观地将情节划分开来并对异文加以择取——此举殊非易事。故事诸情节之间的关联密切到彼此交织的地步，在分离出不同的情节之前，对这个问题需要进行专门的前期研究。研究者不进行这样的研究就按个人趣味行事，要做出客观的划分恐怕根本不可能。让我们来举一个例子。鲍尔特和波利夫卡将阿法纳西耶夫集子里的故事《亚加老妖婆》（阿法纳西耶夫，102）归入故事"霍勒大妈"（Frau Holle）的异文之列，列举了一系列极为不同的属于此情节的故事，但他们都没有引《严寒老人》。试问，这是为什么呢？在此我们明明看到了同样的继女被逐以及她带着礼物归来，同样的打发亲女儿前往以及她受到惩罚。而且，虽然霍勒大妈和严寒老人都是冬天的化身，但在德国故事中化身为女性，而在俄国故事中是个男性。不过显而易见的是，由于其艺术上的鲜明性，《严寒老人》被主观地判定为一个固定的故事类型，一个固定的独立的情节，它本身就有自己的异文。这样一来，我们看到的就是：划分此情节与彼情节完全没有一个客观标准。一位研究者看到新情节的地方，另一位看到的是异文，反之亦然。我们引的例子十分简单，随着材料的扩展和增加，难度也会随之增多增大。

　　但无论如何，这一流派的方法首先需要一份情节目录。

　　阿尔奈着手编制了这样一份目录。

　　这个目录成了国际通用的，并对故事研究事业功绩赫赫：多亏阿尔奈编写的索引，才有可能对故事进行破译。阿尔奈将情节称为类型，每一个类型都编上了号。简要的故事梗概（在这种情况下可直接指出索引编号）用起来十分便利。

但在具有这些长处的同时，该索引也存在着一系列致命缺陷：作为一种分类法，它未能幸免沃尔科夫犯过的错误。其基本类别如下：一、动物故事；二、本格故事；三、笑话。我们轻而易举地就能辨认出经过改头换面的以前的方法（有点奇怪的是，动物故事似乎不算本格故事）。接下去不由要问：要做到泰然地使用笑话这个概念，我们是否对笑话这一概念有过足够准确的研究（如文特所说的寓言）？我们不打算进入这种分类法的细节，只限于谈论被其划为一个亚类的神奇故事。顺便要提一下的是：引入亚类——这是阿尔奈的一大功劳，因为划分出类（роды）、型（виды）和变体（разновидности），在他之前还不曾有人做过。照阿尔奈看来，神奇故事包括以下范畴：1. 神奇的对手；2. 神奇的丈夫（妻子）；3. 神奇的难题；4. 神奇的相助者；5. 神奇的物件；6. 神奇的力量或技能；7. 其他神奇的母题。对于这个分类法，几乎可以一字不差地重复对沃尔科夫分类法的诘难。例如，如何处置其中有神奇的相助者解决神奇的难题的故事？这种情形颇为常见。还有，如何处置其中神奇的妻子就是神奇的相助者的故事？

其实，阿尔奈并未着意于创制一部科学的分类法本身：他编写的索引重在作为一个实用指南，它本身就具有巨大的意义。但阿尔奈的索引还有另一个危险：他引申出一些本质上错误的概念。事实上不存在精确的类型划分，那常常只是一个虚构的东西。如果说有类型的话，那它们也并不存在于阿尔奈所说的那个平面上，而是存在于相似故事结构特点的平面上，关于这一点后面将会谈到。情节间的亲近关系以及不可能将它们完全客观地割裂开的特性，导致在将一个文本归入这个或那个类型时，不知该选择哪个编号。类型与某个文本之间的一致常常完全只是大约相近而已。А. И. 尼基福罗夫集子里指出的125个故事，有25个（即1/5）可以大致地、有条件地归入 А. И. 尼基福罗夫用括号标出的类型（尼基福罗夫，1927）。但如果不同的研究者将同一个故事归入不同的类型，那会出现什么样的情景呢？另一方面，因为类型是根据故事中所有的这种或那种突出因素确定的，而不是根据故事的结构，一个故事可以包含若干这样的因素，那么一个故事有时就不得不同时被归入几个类型（一个故事就可多达5个类型编号），这丝毫不意味着该文本由5个情节构成。这类判定方法实质上是根据组成成分来定义的。阿尔奈对某一组故事甚至会背离自己的原则，完全出乎意料并且有点前后不一地以母题划分代替情节划分。其亚类之一即他命名为"笨鬼"的一组故事，就是用这种方法区分的。但这种前后不一依然是下意识地走了正途。下面我们将尽力指出，根据细分的组成部分进行研究是研究的正确方法。

　　如此说来，我们看到的是：故事分类的情形并不尽如人意。而分类又是研究的最重要的初阶之一。我们不妨想一想，林奈最初的科学分类对植物学具有何等重要的意义。我们的学科还处于前林奈时期。

　　我们来转向故事研究的另一个最重要的领域吧：根据本质对故事进行描述。此处可以观察到以下情景：一些涉及描述问题的研究者往往不去从事分类工作（维谢洛夫斯基，А. Н. Веселовский）。从另一方面来说，分类学家也并不总是细致地描述故事，而只是研究故事的某几个方面（文特）。如果有一个研究者二者皆做，那么不是分类在描述之后，就是描述在先入为主的分类框架中进行。

A. H. 维谢洛夫斯基对故事描述问题言之寥寥，但他所言却有着重大的意义。维谢洛夫斯基将情节理解为母题的综合。一个母题可以归属于不同的情节。（"一组母题就是情节。母题扩大为情节。""情节产生出多个变体：若干母题侵入诸个情节，或者诸个情节彼此组合。""我所说的情节，指的是不同的情形-母题在其中交织的主题。"——维谢洛夫斯基，1913）对维谢洛夫斯基来说，母题是原生的，情节则是派生的。情节对于维谢洛夫斯基来说已经是一个创作和组合行为。由此，对我们来说，便产生了不仅要进行情节方面的研究，更要首先进行母题方面的研究的必要性。

假如故事学界能更好地领会维谢洛夫斯基的遗训："划清母题问题与情节问题的界限"（重点号是维谢洛夫斯基加的），那么许多含混不明之处早就廓清了。[1]

不过维谢洛夫斯基关于母题和情节的学说只是一般性原则。维谢洛夫斯基对母题这个术语的具体解释在当代已经不会被采用了。在维谢洛夫斯基看来，母题是个不能再分解的叙事单位（"我所说的母题指的是最原初的叙事单位。""母题的标志是它的形象的、单一成分的模式论；这就是最初级的神话和故事不能再分解的元素。"——维谢洛夫斯基，1913，11，3）。然而，他作为例子援

---

[1] 沃尔科夫的致命错误在于认为："故事情节是一个稳定的单位，由此出发是进行故事研究的唯一可能的途径。"（沃尔克夫，5）我们的回答是：情节不是一个单位，而是一个综合体，它非但不稳定，而且变化无常，不可从它出发去研究故事。

引的那些母题，都可以再分解。如果母题是个逻辑整体，那么故事的每个句子都提供了一个母题（"一个父亲有三个儿子"是一个母题；"继女离开了家"是一个母题；"伊万与蛇妖作战"是一个母题，诸如此类）。如果母题真的不能再分解，这倒也很不错，这或许能为编制母题索引提供可能。但让我们来看看"蛇妖劫持国王之女"的母题吧（不是维谢洛夫斯基举的例子）。这个母题可以分解出四个元素，其中的每一个又可以单独衍生出变体。蛇妖可以被科谢依、旋风、鬼怪、老鹰、魔法师所代替；劫持可以被吸血和各种在故事里能造成失踪的行为所代替；女儿可以被妹妹、未婚妻、妻子、母亲所代替；国王可以被国王之子、农民、神甫所代替。如此说来，与维谢洛夫斯基相违，我们应该肯定地说：母题的成分不单一，并非不能分解。这种分解到最后的单位不是逻辑整体。如果赞同维谢洛夫斯基，描述部分比描述一个整体更为初级（而在维谢洛夫斯基看来，就起源而言，母题比情节更初级）；我们嗣后解答划分某些原初元素的题目时，应该不同于维谢洛夫斯基所为。

维谢洛夫斯基未能获得成功的地方，其他研究者亦未能幸免。在方法论上具有重大价值的方法的例证，可以举出 J. 贝迪耶（Bedier）的方法。贝迪耶方法的价值在于他首次意识到了：故事中的稳定因素与可变因素之间存在着某种关系。他尝试着用公式将其表现出来。他将稳定的、实质性的因素称为**要素**并以希腊字母欧米茄（ω）表示，其余可变因素则用拉丁字母表示。这样一来，一个故事的公式是 ω+a+b+c，另一个则是 ω+a+b+c+n，接下去是 ω+m+n+1，等等。但本质上正确的思想却被无法准确捕捉这个 ω 所粉碎。贝迪耶所说的要素就本质而言客观上是什么东西，如何将它们划分出来，这些都未加以说明（可比较奥尔登堡1903年的论述，那里对贝迪耶的方法有较为详尽的评价）。

由于认定可以把故事作为一个现成的、既定的东西信手拈来，因此一般很少有人着眼于故事描述问题。尽管人们对故事的形式谈论已久，但只是在当今时代，关于准确描述必要性的思想才越来越广为人知。的确，当矿物、植物、动物被描述的时候（无论描述还是分类，都是根据它们的结构进行的），当一系列文学体裁被描述的时候，故事研究依然缺少这类描述。В. Б. 什克洛夫斯基（В. Б. Шкловский）指出，未进行故事的形式研究就去做的故事起源研究，有时会得出何等荒谬的奇谈怪论（什克洛夫斯基，1925，24以及下文）。他举出关于用牛皮来丈量土地的著名故事作为例子。故事主人公获准拿取用一张牛皮能圈到的土地。他将牛皮割成皮条，于是圈走了比受骗方所预估的要多的土地。В. Ф. 米勒（В. Ф. Миллер）及其他一些人曾努力想在这里看出法律行为的痕迹。什克洛夫斯基写道："原来，受骗一方——在这个故事所有的异文中事情就只关骗术——之所以不反对圈地，是因为土地一般来说就是用这种方法丈量的。太荒谬了。如果说在故事事件假定完成时，'皮条所能圈多少'的丈量土地的习俗存在过，并且为买卖双方所知道，那就不仅没有任何欺骗，也没有情节了，因为卖主自己知道是陷阱。"如此看来，尽管研究者学识渊博，但对这种叙述本身的特殊性未做研究便将其纳入历史现实的范围，就会导致错误的结论。

维谢洛夫斯基和贝迪耶的方法或多或少已经属于遥远的往事。尽管这些学者主要是作为民间文学的史家而劳作，他们的形式研究方法是新颖的、本质上正确的成就，却没有任何人去研究，也没有被采用。在当今时代，研究故事形式的必要性不会引起任何异议了。

研究所有种类故事的结构，是故事的历史研究最必要的前提条件。形式规律性的研究是历史规律性研究的先决条件。

不过，能够符合这种条件的仅仅是揭示了故事构成之规律性的研究，而不是故事艺术之形式手法的罗列。上文曾经提及的沃尔科夫的那本书提供了以下描述方法。故事首先分解为母题。可以算作母题的既有主人公的性质（"两个女婿都很聪明，第三个是个傻子"），也有主人公的数量（"三兄弟"），还有主人公的行为（"父亲留下了等他死后为他守坟的遗嘱，只有傻子一个人执行了遗嘱"），以及事物（鸡脚小木屋、各种护身符），等等。每一个这类母题都有一个对应的编号——一个字母与一个数字，或一个字母与两个数字。多少有些类似的母题以一个字母之下的不同数字表示。这时人们就要问了：假如真是用类似方法按顺序来表示故事整个内容，那么究竟会有多少个母题呢？沃尔科夫提供了250个左右的标志（没有准确的标志单）。显然有很多遗漏，而且沃尔科夫显然有所选择，但他是怎么选择的——无从知晓。沃尔科夫用这种方法划分出母题后，接着又对故事进行了转写，机械地将母题翻译成符号并进行图式比较。类似的故事显然能得出类似的图式。转写填满了整本书。由这一重写能够得出的唯一"结论"就是断言：类似的故事彼此相似——一个不负任何责任也什么都没得出的结论。

我们看到了学术界所探讨的问题是什么性质的。专业素养不高的读者会产生一个问题：学术界是不是在搞些其实毫无必要的抽象玩意儿呀？分解出还是没分解出母题来，不是一样吗？如何划分基本要素，如何给故事分类，按母题还是按情节研究它，不是也一样吗？令人不由得想要去提出一些较为具体可感的问题——与所有不过是喜爱故事的人较为接近的问题。但是，这类要求是建立在一个错误观念之上的。让我们举一个类似的情形吧。假如不了解言语的组成成分，即按照其变化规律排列的一组一组的词语，谈论语言的生命是否可能？活生生的语言是具体的东西，而语法是它的抽象基质。这些基质建立在大量活生生的现象之上，学术研究的关注正是投向此。没有对这些抽象基础的研究，任何一种具体的客观现实就无法被解释。

学术研究并不局限于此处涉及的问题。我们所谈论的问题只是那些与形态学有关的。我们不曾触及包括历史研究在内的巨大领域。这些历史研究表面上看起来会比形态研究有意思，这方面已经做了很多。但有一个一般性的问题——故事从何而来——整体上并未得到解答，这里毫无疑义有着尚待深入探究的发生和发展规律。然而在个别局部问题方面做得更多。历数著作与姓名并无意义。我们敢肯定：没有正确的形态研究，便不会有正确的历史研究。如果我们不能将故事分解成一个个组成部分，那我们就无法进行正确的比较。而我们若不会比较，那又怎么能够弄清诸如印度和埃及的关系，或者希腊寓言与印度寓言之间的关系以及诸如此类的问题呢？如果我们无法将故事与故事做比较，那怎么研究故事与宗教的关系？怎么比较故事与神话？归根结底，就像百川归海一样，故事研究的所有问题，最终都应归结为解答一个最重要的、迄今尚未获得解答的问题，即全世界故事类同的问题。青蛙公主的故事在俄国、德国、法国、印度、新西兰等地，以及美洲的红种人中都相类似，这如何解释？而且无法证明这些民族在历史上有过交往。如果我们对这一类同的性质持错误的观念，这个类同就无法解释。不曾尝试过形态学问题的历史学家，在类同实际存在的地方就会对它视而不见；他会漏过那些最重要的却未被他发现的吻合之处。相反，在形态学专家看到类同的地方，他会指出，他所比较的现象是全然不同的。

这样的话，我们便看得出来：很多东西有赖于形式研究。我们不惮去做沉重的、分析性的、需要点耐心的工作，这项工作由于是从抽象形式问题的角度着手而更显复杂。类似沉重"乏味"的工作，正是通往概括有意味的结构的途径。

第 二 章

◆

方 法 与 材 料

> 我坚信，以转换为基础的一般类型能穿透一切有机质，可以在某个横断面上从各个方面很好地对这种一般类型进行研究。
>
> ——歌德

首先让我们尽力简明扼要地说出我们的任务。

正如在序言中所说，本书是有关神奇故事的。作为一个必须的工作假设，要假定存在着作为一个特殊亚类的神奇故事。所谓神奇故事指的是阿尔奈和汤普森归在300—749号的故事。这个定义是初步的和人为设定的，但嗣后有机会根据所得出的结论给出更为准确的定义。我们来着手进行这些故事的情节间的比较。为了比较，我们要按特殊的方法（见下文）来划分神奇故事的组成成分，然后再根据其组成成分对故事进行比较。最终会得出一套形态学来，即按照组成成分和各个成分之间、各个成分与整体的关系对故事进行描述。

究竟用怎样的方法才能对故事进行准确的描述呢？

让我们来对以下例子做一番比较：

1. 沙皇赠给好汉一只鹰。鹰将好汉送到了另一个王国（阿法纳西耶夫，171）。

2. 老人赠给苏钦科一匹马。马将苏钦科驮到了另一个王国（同上，139）。

3. 巫师赠给伊万一艘小船。小船将伊万载到了另一个王国（同上，138）。

4. 公主赠给伊万一个戒指。从戒指中出来的好汉们将伊万送到了另一个王国（同上，156）。

诸如此类。

在上述例子中可以看出不变的因素和可变的因素。变换的是角色的名称（以及他们的物品），不变的是他们的行动或**功能**。由此可以得出结论说，故事常常将相同的行动分派给不同的人物。这就使我们有可能根据**角色的功能**来研究故事。

我们应该确定，这些功能在何种程度上确实是故事的重复性的、不变的因素。所有其他问题的提出都有赖于对第一个问题的解答：故事的功能项有多少？

研究显示，功能的重复性是十分惊人的。例如，老妖婆、严寒老人、熊、林妖、马脑袋都会考验并奖赏继女。接着观察下去，还可以确定：故事里的人物无论多么千姿百态，却常常做着同样的事情。功能的实现方法可以变化：它是可变的因素。严寒老人行事与老妖婆不同。但功能本身是不变的因素。对于故事研究来说，重要的问题是故事中的人物做了什么，至于是谁做的以及怎样做的，则不过是要附带研究一下的问题而已。

角色的功能这一概念，是可以代替维谢洛夫斯基所说的**母题**或贝迪耶所说的**要素**的那种组成成分。我们发现，在各色完成者身上体现出功能的重复性，这一点早就为研究神话与信仰的宗教史学家所察觉，但却未被故事史学家看到。类似于神灵的特性和功能从一些神转到另一些神，最终转到了基督教圣者身上那样，一些故事人物的功能也正是这样转移到了另一些人物的身上。我们可以有言在先：功能项极少，而人物极多。以此便可以解释神奇故事的双重特性：一方面，是它的惊人的多样性，它的五花八门和五光十色；另一方面，是它的亦很惊人的单一性，它的重复性。

这样说来，角色的功能是故事的基本成分，我们应该首先将它们划分出来。

为了将功能划分出来，应该对它们进行界定。定义应该从两个视点出发。第一，在任何情况下，定义都不应考虑作为完成者的人物。定义最常见的是表达行动意义的名词（禁止、探问、逃遁等）。第二，行动不能越出其叙事过程中的状态被定义。应虑及该功能在行动过程中所具有的意义。

例如，如果伊万娶的是公主，那这完全不同于父亲娶了带着两个女儿的寡妇的婚事。另一个例子是：如果在一个例子中是主人公从父亲手中得到一百卢布，后来用这些钱给自己买了一只能未卜先知的猫，而在另一个例子中是主人公因其英雄业绩而获得金钱奖赏，故事到此结束，那么我们面对的虽然是同一行动（钱的转手），从形态学上说却是不同的要素。如此说来，相同的行为会有不同的意义，反之亦然。**功能指的是从其对于行动过程意义角度定义的角色行为**。

上述观察可以用以下方式概括为：

一、角色的功能充当了故事的稳定不变因素，它们不依赖于由谁来完成以及怎样完成。它们构成了故事的基本组成成分。

二、神奇故事已知的功能项是有限的。

如果功能已经划分出来了，那么就会产生另一个问题：这些功能项是在怎样的聚合关系和怎样的排列顺序中碰在一起的？先来谈谈排列顺序。有一种意见，认为这个排列顺序是偶然的。维谢洛夫斯基说："难题和相遇（母题的例子——弗·雅·普罗普注）的选择与程序……要求具有一定的自由。"（维谢洛夫斯基，1913，3）什克洛夫斯基则将这一思想表述得更为激烈："完全弄不懂为何在移植时应该保留偶然性的（重点号为什克洛夫斯基所加——弗·雅·普罗普注）母题排列顺序。有证言证实，恰恰是事件的顺序被歪曲得最厉害。"（什克洛夫斯基，1925，23）这段证言的引文很失败。如果是证人们歪曲了顺序，那他们的叙述会没有条理，但事件的顺序有自身的规律，而且这类规律有艺术性的叙述。偷盗不会发生在撬门之前。说到故事，那它有自己十分特殊的、专门的规律。如我们下文所见，要素的排列顺序是严整一致的。排列顺序的自由限于十分狭小的范围，这些范围会很精确。我们得出了我们的研究的第三个有待进一步展开和验证的论题：

三、功能项的排列顺序永远是同一的。

应当说明的是：所指出的规律性仅关涉民间文学，它不是故事体裁本身的特性。艺术创作的故事不在此列。

说到聚合，首先应当说，远不是所有故事都具有所有的功能项。但这丝毫也不会改变排列顺序的规律。缺少几个功能项不会改变其余功能项的顺序，下面我们还会深入探讨这一现象。现在我们先着手于原本意义上的聚合关系研究。提出问题本身就引发了以下推测：如果功能可以划分出来，那就可以追踪研究哪些故事具有同样的功能项。这些具有相同功能项的故事就可以被认为是**同一类型**的。在此基础上随后就可以创制出类型索引来，这样的索引不是建立在不很确定的、模模糊糊的情节标志之上，而是建立在准确的结构标志上。这的确是可能的。但是，如果我们接着在结构类型之间进行比较，就会发现以下完全出乎意料的现象：诸功能项不会按照相互排斥的轴排列。在下一章和最后一章里，这一现象极为具体地呈现在我们面前。暂且可通过下列方式来说明：如果我们用字母 A 表示总是最先出现的功能项，而总是跟随其后的功能项（如果有的话）就用 B 来表示，那么故事所有已知的功能项分别对号入座构成一个叙述，其中任何一个都不会从系列中脱落，任何一个都不会排斥其他项，亦不会与其他项相矛盾。这样的结论恐怕无论如何也无法事先猜到。当然，应该能够期待在功能项 A 所在之处，不会有属于另一个叙述的已知的诸项功能。可以预料的是，我们将得出若干个轴，但也会得出一条轴可以适用于所有神奇故事。它们都是一个类型，至于上文说过的组合，是亚类。初看起来这个结论似乎很荒唐，其至是毫无道理的，但它经得起用最为精确的方法进行的检验。这种类型同一性是个很复杂的问题，我们还需要对其做深入研究。这个现象引发了一系列的问题。

于是我们就得出了我们的研究的第四个基本论题：

四、所有神奇故事按其构成都是同一类型。

我们来着手进行验证，同时展开并详细说明这些论题。这里需要记住的是，故事研究应该严格按照推导的方式进行（实际上这正是本书所一直奉行的），即从材料到结果。但在叙述时却可以倒过来：因为假如读者事先了解了一般原理的话，就可以较为容易地跟随着叙述的展开过程。

不过，在转向深入研究之前，应该先解决一个问题：用哪种材料才可能进行这项研究。初看起来，需要引用所有现存的材料，事实上没有这个必要。因为我们是在按角色的功能来研究故事，一旦发现新的故事不再提供任何新的功能项，那么引用材料就可以停止。当然，研究者应该浏览大量已掌握的材料，但没必要将所有这些材料都用在研究里。我们认为，包含各种情节的100个故事已经绰绰有余。形态学家在发现已经找不到什么新的功能项之后，就可以画上句号，而下一步的研究将按照另一条路线进行（编制索引、完整的系统化的建构、历史研究、艺术手法的总体研究等）。倘若材料可以限于一定数量，那这并不意味着可以随心所欲地选择。材料得受制于外部因素。我们采用阿法纳西耶夫的故事集，研究自50号故事始（根据阿法纳西耶夫的编排，这是故事集里的第一个神奇故事），至151号故事终。[1] 这种对材料的限制无疑会招致许多非议，但在理论上它是正确的。为了更宽泛地证明它的正确性，似需要提出故事现象重复性程度的问题。如果重复性很强，就可以采用有限的材料；如果很弱，就不可如此。如我们在下文将会看到的：基本组成成分的重复性大大超过预期。由此可见，限于少量材料在理论上是可行的。实践中这一限制还可以用征引大量材料会使研究规模过大来解释。问题不在于材料的数量，而在于对其所进行的研究的性质。100个故事——这是我们工作所需的材料，其余的则是可控制的、研究者大有兴趣而更多人不抱兴趣的东西。

1　在新版本中这个顺序对应的是93—268号，因为在这些版本中每一篇异文都有一个新号，然而在阿法纳西耶夫自己编纂的版本里一个新号表示一个新情节，而在一个号码之下用拉丁字母表示诸个变体。例如，第104号故事（《关于好汉、长生不老的苹果和活命水的故事》）在革命前出的版本里列为104a，104b，104c，104d，104e，等等。在新版本中它被列为171，172，173，174，175，等等。以下所有引文都按照新版本的编号，书末有新老编号的对应表。

第三章

◆

角色的功能

在这一章里，我们将按照故事本身记述的顺序列举出诸项角色功能。

为每项功能列出的有：1. 该项功能性质的简要叙述；2. 用一个词表达的简略定义；3. 该项功能的代码（引入符号使得后面能够用公式化的方法对故事结构进行比较）。此后应该是举例。大部分例子远远没有穷尽我们的材料，举的只是那些作为典范的例子，它们按若干组排列，这些组与定义的关系相当于体与类的关系。研究的基本任务是划分出类，对体的考察不是一般形态学的任务。体还可以再分出变体，这成为分类法的开端。下面的这种排列顺序不追求达到类似目的，引证例子应该只是举例说明并显示存在着作为类别单位的功能，就像前面提到过的，所有的功能项都纳入一个连贯的叙述里。下面这一类功能是整个神奇故事的形态学基础。[1]

故事通常从某种初始情境开头。列举家庭成员，或者干脆就是以提到名字或介绍其状况的方法引入未来的主人公（如士兵）。尽管这一情境不是一个功能项，它依然是一个重要的形态要素。故事开端的种类只有到这项研究临近尾声时才能进行考察。我们将这一要素作为初始情境来定义，代码为I。

在初始情境之后的功能项是：

一、一位家庭成员离家外出（定义：外出отлучка，代码e）。

1. 外出的可以是一位长辈人物。"父母去干活。"（阿法纳西耶夫，113）"公爵得出趟远门，把妻子扔给了他人照料。"（265）"他（商人）远走他乡。"（197）外出的形式一般为：去干活，去树林里，去做买卖，去打仗，"去办事"（e^1）。

2. 外出的强化形式是双亲亡故（e^2）。

3. 有时外出的是晚辈人物。他们走路或骑马去做客（101），去捉鱼（108），去散步（137），去采浆果（244）。代码e^3。

二、对主人公下一道禁令（定义：禁止запрет，代码б）。

1. "不能看这间下屋"（159），"看好弟弟，别出院子"（113），"如果老妖婆来了，你什么也别说，别吭气"（106），"公爵嘱咐了她许多话，严禁她下楼"（265），以及类似的话。不得离开的嘱咐有时会强化或代之以将孩子放进坑里（201）。有时相反，会出现

---

1 推荐先着手读这一章，一连看完列举出的所有功能项，不要深入细节，只读黑体字部分。这样的初步浏览便于理解叙述线索。

禁令的弱化形式，以请求或建议的方式说出：母亲让儿子别去捉鱼："你还小呀。"（108）等。故事通常是先讲外出，后讲禁令。当然，事实上事件的顺序正相反。禁令也可以与外出无关：别去摘苹果（230），别捡金羽毛（169），别打开小箱子（219），别吻妹妹们（219）。代码 6^1。

2.禁令的变相形式是命令或建议：把早饭送到田里去（133），带着哥哥去树林里（244）。代码 6^2。

为了更好地理解起见，此处需插上一笔。故事接下去会出现意外（其实依然是以某种方式做了铺垫的）降临的灾难。与此有关的初始情境会有对特殊的、有时是特意强调的幸福的描述。国王有一个长着金苹果的美丽花园，老两口情意绵绵地爱着他们的小伊万，诸如此类。特殊形式是农事方面的好运道：庄稼汉和他的儿子们有一片出色的割草场。常常出现描写生长得极其茂盛的庄稼。这种幸运自然是作为与接踵而来的灾难形成鲜明反差的背景。这场灾难的幽灵已经神秘地游荡在幸福家庭的上空。由此而产生了禁令——别到外边去，等等。长辈外出为这场灾难做了铺垫，为它创造了方便之机。孩子们在双亲离家或亡故之后便自行做应做之事。有时命令也起着禁令的作用。如果有人让孩子们去田里或去林子里，那么执行这个命令，就具有打破不得去林子里或不得去田里的禁令的后果。

三、打破禁令（定义：破禁 нарушение，代码 b）。破禁的形式与禁令的形式是对应的。功能项二与功能项三构成了成对的要素，后一半有时也可以脱离前一半而存在。公主们去花园里（e^3），回家迟了。此处便省略了禁止晚归这一项。像上面指出的那样执行命令（b^2）与打破禁令（b^1）相对应。

此时有一个新人物进入故事，他被称为主人公的对头（加害者）。他的作用就是打破幸福庭的安宁，带来某种灾难，造成危害和损失。主人公的对手可以是蛇妖、鬼怪、强盗、女妖和后母等。新的出场人物一般如何在情节中出现，这个问题我们会划入特殊的一章。这样的话，加害者就进入了情节。他是走来的、潜入的、飞临的等等，接着就开始了行动。

四、对头试图刺探消息（定义：刺探 выведывание，代码 в）。

1. 刺探的目的在于获知孩子、有时是宝物及其他东西的所在之处。熊问道："谁能告诉我国王的孩子们跑到哪里去了？"（201）管家问："你们在哪儿拿的这些宝石？"（197）牧师让人忏悔："你凭什么有了这么多钱的？"（258）公主问："商人的儿子伊万，你告诉我，你的智慧在哪里？"（208）歹毒的妖婆想："孤女靠什么干活儿呢？"她派独眼怪、两眼怪和三眼怪去打探（100）。代码 $в^1$。

2. 我们发现刺探的变相形式是受害者反过来探问加害者："科谢依，你的命根子在哪儿？"（156）"您的这匹马跑得可真快！到哪儿能再弄这么一匹马呢？"（160）代码 $в^2$。

3. 个别情况下是通过其他人来刺探。代码 $в^3$。

五、对头获知其受害者的信息（定义：获悉 выдача，代码 w）。

1. 对头直接得到对其问题的回答。凿子回答熊说："请你把我送到院子里扔在地上，我扎进哪里，哪里就有一群孩子。"（201）商人之妻对管家关于宝石的询问的回答是："是小母鸡给我们带来的。"（197）诸如此类。此处出现在我们面前的还是成对的功能项。它们常常以对话的形式出现。这里要顺便提一下后母与镜子的对话。尽管后母并没有直接打听继女，可镜子回答她："你很美，这没的说，可你有一个继女，住在密林里的勇士们那儿，她长得更美。"在其他一些类似的例子中，后一半可以脱离前一半而存在。在这些例子中获悉采用了大意行为的形式。母亲大声喊儿子回家，这样她就向妖怪走漏了她有儿子的消息（108）。老人得到了一只宝囊，他从囊中掏出吃的款待亲家，他因此向亲家暴露他的宝物的秘密（187）。代码w^1。

2—3. 相反的或其他的刺探引出相应的回答。科谢依泄露了他的命根子的秘密（156），快马的秘密（160），等等。代码w^2和w^3。

六、对头企图欺骗其受害者，以掌握他或他的财物（定义：设圈套подвох，代码r）。

对头或加害者先得改头换面。蛇妖变成了一只金山羊（162），一个英俊的小伙子（202）。女妖变成了一位"善良的老太太"（265），她模仿母亲的声音说话（108）。牧师披上了山羊的皮（258）。小偷装扮成了乞丐（189）。

接着来看这个功能项：

1. 加害者以劝诱的方式行事：女妖建议戴上指环（114），亲家建议洗热水澡（187），女妖建议脱去连衣裙（264），在池塘里洗澡（265）。代码r^1。

2. 直接施展魔法。后母让继子吃下了毒饼（206）。她给继子的衣服上插进一枚魔针（232）。代码r^2。

3. 采用其他欺骗或强迫手段。恶毒的姐姐们把小刀和带尖的东西放在菲尼斯特要飞经的窗口（234）。蛇妖把为姑娘去兄弟们那里指路的刨花挪了地方（133）。代码r^3。

七、受害者上当并无意中帮助了敌人（定义：协同пособничество，代码g）。

1. 主人公接受了对头所有的劝诱，即戴上了指环，去洗蒸汽浴，去洗澡，等等。可以看出来：禁令总是被打破，相反，骗人的建议却总是被接受和完成。代码g^1。

2 —— 3. 他机械地受魔法或其他手段的摆布，即入睡、自伤等。这项功能可以单独实现。没有人给主人公催眠，他自己突然就睡着了，当然，这使加害者更容易得手。代码g^2和g^3。

骗人建议和对应的受骗的特殊形式是欺骗性的约定（"把你家里你不知道的东西卖给我吧"）。在这些条件下同意是被迫的，是敌人利用了受害者的某种困境（畜群跑散了，极度贫困，等等）。有时这种困境是对方故意造成的（熊揪着国王的胡子抓住了他，201）。这个要素可以被定义为预设的灾难（代码x。用这个符号将它与欺骗的其他形式相区别）。

八、对头给一个家庭成员带来危害或损失（定义：加害вредительство，代码A）。

这个功能项极为重要，因为正是它推动故事展开。外出、破禁、获悉、欺骗成功都是为这个功能项做铺垫，为它提供可能或使其简化。因此前七个功能项都可以被看作故事的铺垫部分，而到加害行为才揭开序幕。加害行为的形式极其多样。

1. 对头掠走一个人（A^1）。蛇妖掠走了国王的女儿（131）、农民的女儿（133）。女妖掠走一个男孩（108）。哥哥们掠走弟弟的未婚妻（168）。

2. 他偷走或强占宝物（A^2）。小偷掠走了宝箱（189）。公主窃走了有魔力的衬衫（208）。庄稼汉窃走了宝马（138）。

2a. 强行剥夺神奇的相助者构成了这一形式的一个特殊的亚类。后母命令宰掉神奇的母牛（100，101）。管家或贵族命令宰掉神奇的母鸡或鸭（195，197）。代码 A^{II}。

3. 偷光或者毁坏庄稼（A^3）。母马吃光一垛干草（105）。熊偷走了燕麦（143）。鹤偷走了豌豆（186）。

4. 对头偷走了白昼的光亮（A^4）。这个例子只遇到过一次（135）。

5. 对头以其他形式实施窃取（A^5）。窃取对象变化多端，不必将所有形式都照录下来。下文将会看到，窃取对象对情节并无影响。认为所有窃取都是初始的加害行为的一种形式，而将按照对象划分的诸种形式不是作为类，而是作为亚类，这在逻辑上更为正确。但从技术操作的角度看，划分出若干最主要的形式，其余的则概而述之比较方便。例子有：火鸟偷走了金苹果（168），水貂每天夜里去吃国王兽苑里的动物（132），将军偷走了谢苗的剑（并非神剑，259），等等。

6. 对头造成肉体伤害（A^6）。女仆剜下了她的女主人的双眼（127）。公主砍下了卡托玛的双脚（198）。有意思的是这些形式也是一种窃取（从形态学的角度看）。比如说，眼睛被女仆放入衣袋中装走，后来也用同样的方式得到的其他一些被窃物品放归原位。被剜下的心也是如此。

7. 对头导致突然失踪（A^7），通常这种失踪都是施魔法或采取欺骗手段的结果。后母给继子施催眠术，他的未婚妻从此不见踪影（232）。姐妹们把刀子和针放在菲尼斯特要飞经的姑娘的窗口，他被划伤了双翅，永远消失了（234）。妻子乘飞毯离开了丈夫（192）。第267号故事里有一个有趣的形式，那里面的失踪是主人公自己造成的。他烧掉了他那中了魔的妻子的外套——她就再也不见了。第219号故事里的一个特殊例子可以有条件地归入这里。魔吻使未婚夫完全失去记忆。在这个例子中受害者是未婚妻，她失去了她的未婚夫（A^{VII}）。

8. 对头胁迫或诱骗他的受害者（A^8）。通常这一形式是欺骗性约定的结果。海王胁迫王子，于是王子离家（219）。

9. 对头驱逐某人（A^9）。后母赶走继女（95）。爷爷赶走孙子（141）。

10. 对头下令将某人扔进海里（A^{10}）。国王将女儿和女婿放进大桶里，吩咐把大桶扔进海里（165）。父母将睡着的儿子搁在小船上推入海里（247）。

11. 对头对某人或某物施魔法（A^{11}）。在这里会发现，加害者常常是一次造成两三重危害。有一些形式很少单独碰到，总是倾向于同其他形式结合在一起。施魔法就属于这种形式。妻子将丈夫变成了一只狗又将他赶了出去（即 A^9_{11}；246）。后母将继女变成了猞猁然后将她赶了出去（266）。甚至就是在那些未婚妻被变成鸭子并飞走的例子中，实质上也是一种驱逐，虽然它不是作为纯驱逐被提及的（264，265）。

12. 对头偷梁换柱（A^{12}）。这一形式在大多数情况下也是伴生性的。保姆将未婚妻变成鸭子后又用自己的女儿偷换了她（即 A^{11}_{12}；264）。女仆弄瞎了国王未婚妻的双眼又自己去冒充她（A^6_{12}；127）。

13. 对头下令杀人（A^{13}）。实际上这一形式是变相的（强化的）驱逐。后母吩咐仆人在散步时杀掉继女（210）。公主命令差役把丈夫送到树林里然后杀掉他（192）。通常在这些情况下要求出示被杀者的肝或心。

14. 对头动手杀人（A^{14}）。通常这也只是其他类开场的加害行为的伴生形式，起着强化作用。公主窃取了丈夫的宝衣然后又把他杀死了（即 A^2_{14}；208）。哥哥们杀了弟弟，然后又抢走了他的未婚妻（A^1_{14}；168）。姐姐夺走了弟弟的浆果并杀死了他（244）。

15. 对头将人囚禁、扣留（A^{15}）。公主将伊万关进牢房（185）。海王监禁谢苗（259）。

16. 对头威逼成婚（A^{16}）。蛇妖要公主做妻子（125）。

16a. 亲人之间威逼成婚：哥哥要妹妹做妻子（114）。代码 A^{XVI}。

17. 对头以吃人相威胁（A^{17}）。蛇妖要吃掉公主（171）。蛇妖吞下了全村的人，同样的命运威胁着最后一个幸存的男人（149）。

17a. 同样的事情发生在亲人之间（A^{XVII}）：妹妹企图吃掉哥哥（93）。

18. 对头每天夜里来折磨人（A^{18}）。蛇妖（192）、鬼（115）每天夜里来折磨公主。女妖飞到姑娘这里来吃她的奶（198）。

19. 对头宣战（A^{19}）。邻国国王宣战（161）。类似的还有：蛇妖毁坏王国（137）。

以上这些穷尽了所选用材料范围内的各种加害形式。不过，远非所有的故事都是从遭受危害开始。还有其他一些开头，它们常常就像始于遭受危害的功能项（A）的故事一样展开。仔细观察这一现象，我们会看到，这些故事是从有某种不足或欠缺的情境发端的，于是引起与受到危害后相类似的寻找。由此可以得出一个结论：欠缺可以被作为跟窃取同样的形态学成分来考察。让我们来考察一下以下例子：公主窃取了伊万的宝物。这一窃取的结果就是伊万缺失了这个宝物。于是我们就看到了故事是可以略过加害行为，常常直接从缺失开始：伊万想拥有一把宝刀或一匹宝马之类的东西。无论窃取还是不足，它们都可以用来决定开场的下一个因素：伊万出门寻找。同样也可以说成是未婚妻被窃，或者干脆就是未婚妻缺失，等等。在第一种情况下出现的是某种行动，其结果造成缺失并引发寻找；在第二种情况下出现的则是既成的不足，同样导致寻找。第一种情况下的缺失是外部造成的，第二种情况它是从内部被意识到的。

我们充分意识到，缺失和不足这两个术语不够恰当。但在俄语中没有能够充分准确而恰当地表达这个概念的词语。"缺陷"一词听起来稍好些，但它又有不适合这个概念的特殊内涵。这里说的缺失可以与零相比，零在数列中是一个确定的单位。这个契机可以用以下方式记录下来：

八a、家庭成员之一缺少某种东西，他想得到某种东西（定义：缺失 недостача，代码 a）。

这些情形很难分组。或许可以按照能够意识到的缺失的形式来分解它们，但此处仅限于按缺失的对象分门别类。可以发现有下列形式：

1. 缺失未婚妻（或朋友，总之是人）。这种缺失有时被描写得十分鲜明（主人公打算去寻找未婚妻），有时它并没有形诸言语。主人公孤身一人，于是出发去寻找未婚妻——以此引出情节的开端（代码 a^1）。2. 需要宝物，如苹果、水、马、马刀等（代码 a^2）。3. 缺少神奇之物（没有魔力），如火鸟、长着金羽毛的鸭子、歌声美妙的女歌手等（代码 a^3）。4. 特殊形式：弄不到装着科谢依命根子（或装着公主的爱情）的神蛋（代码 a^4）。5. 合乎常情的形式：缺钱、缺生存手段等（代码 a^5）。我们发现，类似的日常生活因素有时会以十足的神话方式展开。6. 其他各种形式（代码 a^6）。就像窃取对象不能用来确定故事的结构一样，缺失的对象也不能确定故事的结构。因而，出于一般形态学研究的目的，没有必要将所有的情形加以系统整理，可以只限于最主要的情形，其余的概而论之即可。

这里不由得会产生一个问题：远非所有的故事都始于加害或刚描写过的那些开端。例如，傻子叶梅利亚的故事就是从傻子捉到一条狗鱼开始的，根本不是从加害行为，也不是从缺失开始的。不过，对大量故事进行比较后显示出：故事中间部分所特有的要素，有时会移到开端，我们在这里看到的就是这类情形。捉到一只动物并且对它发慈悲——这是典型的中间部分的要素，我们在下文将会看到。一般来说，要素A或a对于被研究组的每个故事都是必备的。神奇故事中不存在其他形式的开场。

九、灾难或缺失被告知，向主人公提出请求或发出命令，派遣他或允许他出发（定义：调停 посредничество，承上启下的环节 соединительный момент，代码B）。

这一功能项将主人公引入了故事。在做直接分析时这项功能被分解为各个组成部分，但对于我们的目的来说这无关紧要。故事主人公可以是双重的：1. 如果姑娘被劫走并从她父亲的视野中消失了（同时也是从听众的视野中消失），而伊万紧随其后出发去寻找，那么故事的主人公就是伊万，而不是被劫的姑娘。这类主人公可以被称为寻找者。2. 如果姑娘或孩子被劫走或被逐出家门，而故事是围绕着被劫者、被逐者进行，对其余的事情不感兴趣，那么故事的主人公就是被劫、被逐的姑娘（孩子）。在这些故事中没有寻找者。这样的主人公可以称之为落难的主人公（注：下文有对主人公作出更为准确的定义的例子）。有此种或彼种主人公的故事在展开时一样还是不一样——这在下文将会看到。故事既循着寻找者的线索进行，又循着落难者线索进行的（比较《鲁斯兰与柳德米拉》）情形，在我们的材料中还没有。调停的契机在两种情况下都有。这个契机的意义在于它导致了主人公的离家外出。

1. 发出求助呼吁，接下来的是主人公被派遣（B¹）。呼吁通常由国王发出并伴之以许诺。

2. 主人公直接被派遣（B^2）。派遣或者以命令的形式，或者以请求的形式。前者有时会伴之以威胁，后者则会伴之以许诺，有时二者兼备。

3. 主人公被允许离家（B^3）。在这些情况下，外出常常是主人公自己提出来的，而不是被他人派遣。双亲祝福他。有时主人公不透露他的真实目的，他请求去散散步什么的，而实际上是去打仗。

4. 灾难被告知（B^4）。母亲向儿子讲述了在他出生之前女儿被劫走的事，但并未在此事上求助于他，儿子出发去寻找（133）。不过，更为常见的对灾难的讲述不是出于父母之口，而是从偶然相遇的形形色色的老太婆们那里听到的。

以上考察的四种形式都与作为寻找者的主人公相关，下述形式则直接与落难者相关。故事的结构要求主人公无论如何要离家外出。如果这不是通过加害行为来达到，那么故事就会为了这个目的运用承上启下的环节。

5. 被逐的主人公被赶出家门（B^5）。父亲把被后母赶出门的女儿送到树林里。这一形式在很多方面都很有意思。从逻辑上说，父亲的行动是不必要的。女儿自己去树林里似乎也可以。但是故事要求在承上启下的环节上有作为遣送者的父母。可以指出的是，该形式是一种派生形式，但这不是一般形态学的目标。应看到，对蛇妖索要的公主也采取了运送的方法，在这些情形下她被送到了海边。不过在后一种情况下，与此同时还发出了呼吁。这些情况下的运送之所以与承上启下的环节无关，是因为确定情节进程的是呼吁而不是运送。

6. 该当送命的主人公被秘密放走（B^6）。厨子或弓箭手可怜姑娘（孩子），把他们放走了，杀了一只动物来充数，以便弄到肝和心来作为人已被杀的证明（210，195）。上文 B 这一项是作为引发主人公离家外出的因素被定义的。如果派遣提供了外出的必要性，那这里就提供了外出的可能性。第一种情况是寻找型主人公所特有的，第二种情况则是落难型主人公特有的。

7. 唱哀歌（B^7）。这一形式是杀害（唱歌的是活下来的弟弟等人）、施魔术驱赶、偷换所特有的。灾难因此为人所知并激起反抗。

十、寻找者应允或决定反抗（定义：最初的反抗 начинающееся противодействие，代码 C）。

这个关头用诸如这样的词语来说明："请允许我们去寻找你的公主们。"诸如此类。有时这个关头没有用语言说出来，但意志的决定自然会先于寻找。这个关头只对那些主人公是寻找者的故事来说是典型的。那些被逐、被杀、中魔法、被偷换的主人公都没有对解放的精神追求，于是此处这一关头付诸阙如。

十一、主人公离家（定义：出发 отправка，代码 ↑）。

这个出发与用符号 e 表示的暂离不是一回事。作为寻找者的主人公与落难主人公的出发也有不同。前者以寻找为目的，后者揭示的是无寻找任务之旅途的开端，路上有千难万险等待着主人公。必须注意以下情况：如果被劫的是姑娘，寻找者跟随其后，那离家的就是两个人。但在旅途之后是讲述，路上形成行动过程，这是寻找者之旅。举例来说，如果是姑娘被逐而且没有寻找者，那么叙述追踪的就是落难主人公的出发和历险。符号↑表示主人公上路，至于他是不是寻找者则无所谓。在某些故事里，主人公的空间移位付诸阙如。所有行动都是在一个地方发生的。有时又相反，出发被强化，它具有了逃跑的性质。

ABC↑诸项要素是故事的开场。接下去情节进程便展开了。

新人物进入了故事，他可以被称为赠予者，或者更为准确的说法，是提供者。通常是在树林里、路上等地方偶然碰到他（参见第七章——角色的出现方式）。主人公——不管是寻找者，还是落难者——从他那里获得某种东西（通常是有魔力的），随后能化险为夷。但在获得魔法之前，主人公要经受若干次五花八门的行动，不过，所有这些行动都旨在让魔法落入主人公的手中。

十二、主人公经受考验、遭到盘问、遭受攻击等，以此为他获得魔法或相助者做铺垫（定义：赠予者的第一项功能 первая функция дарителя，代码Д）。

1. 赠予者考验主人公（Д¹）。老妖婆让姑娘干家务（102）。蛇妖让主人公服役三年（208）。在商人那里干三年活（合乎日常生活，115）。不取报酬干三年摆渡（138）。听古斯里琴演奏不得入睡（216）。苹果树、河流、炉灶给他很普通的食物（113）。老妖婆让他与她的女儿睡觉（171）。蛇妖让他掀起沉重的石头（128），这个要求有时就写在石头上，有时是找到石头的兄弟们自己试图掀起它。老妖婆要他照料马群（159）。等等。

2. 赠予者问候主人公并盘问他（Д²）。这种形式可以被认为是考验的弱化形式。问候和盘问在上述形式中亦有，但在那里它不带

考验性质，会出现在考验之前。这里没有考验本身，而盘问则具有
了间接考验的性质。如果主人公回答得很粗鲁，他就什么也得不
到，如果他回答得彬彬有礼，就会得到马、马刀之类的东西。

3. 垂死者或死者求助（Д³）。这个形式有时也带有考验的性
质。母牛请求说："你别吃我的肉，把我的骨头归拢起来，包在头
巾里，把它们埋在园子里，你到什么时候都别忘了我，每天早晨给
骨头浇点水。"（100）在201号故事里，公牛也发出过类似的请求。
第179号故事里，可以看到安魂请求的另一种形式，在该故事里是
垂死的父亲让儿子们去他的坟前守三夜。

4. 被囚者请求释放（Д⁴）。铜汉做了俘虏，他请求放了他
（125）。鬼被关在塔里，它请求士兵放了它（236）。捞出来的水罐
请求把它打碎，即罐子里的灵魂请求释放（195）。

4a. 同样是请求释放，是赠予者先被囚禁。例如，如果说在123
号故事里是林妖被捉，那么这里的行为不会被认为是一个独立的功
能项，它只是为被囚者接下来的请求做铺垫。代码*Д⁴。

5. 向主人公求情（Д⁵）。这一形式似可看作前一项的亚类。在
此之前先是被捕捉，或者就是主人公瞄准一只动物，想把它给杀
了。主人公捉了一条狗鱼，狗鱼请求他把它放了（166）。主人公
瞄准一些动物，它们请求把它们放掉（156）。

6. 纷争双方请求为他们仲裁（Д⁶）。两个巨人请求帮他们分
拐棍和掸子（185）。请求并不总是由纷争双方提出，有时是主人
公自告奋勇（代码δ⁶）。野兽们不会分尸体，主人公给它们分开了
（162）。

7．其他请求（Д⁷）。其实，请求构成了一个独立的类别（разряд），而这些请求的诸个体（вид）构成了诸亚类（подразряд），但是，为避免代码系统过分庞大，可以有条件地将亚类全部看作变体（разновидность）。将主要的形式划分出来以后，其余的则可以概而述之——老鼠们请求给它们吃的（102），小偷请求被偷的人把窃取的东西给他送来（238）。下面的例子可以同时归入两个类别。库钦卡捉到一只狐狸，狐狸请求说："别把我杀了（求情Д⁵），给我用黄油炸一只母鸡，要肥一点的。"（第二类请求Д⁷）因为捕捉在这种请求之先，整个情形的代码是 *Д⁵₇。另一种性质的情形，也是威胁在先或是将求告者置于无助的境地：主人公偷走了洗澡的姑娘的衣服，她请求还给她。有时只是出现无助的境地，并未提出请求（小鸟遭雨淋，孩子们虐猫）。在这些情形下主人公有效劳机会。这里客观上出现了一个考验，尽管主观上主人公并未意识到是怎么回事（代码δ⁷）。

8．敌对方企图消灭主人公（Д⁸）。巫婆企图把主人公关进炉子里（108）。巫婆企图在夜里割下主人公的脑袋（105）。主人企图在夜里把客人喂大老鼠（216）。巫师将主人公一个人留在山上，企图杀害他（243）。

9．敌对方与主人公交战（Д⁹）。老妖婆和主人公作战。在林中小木屋里与各种林子里的东西作战是很常见的。作战带有打架斗殴性质。

10. 向主人公展示有魔力之物，并提议跟他交换（Д¹⁰）。强盗展示棍子（216），商人们展示稀奇古怪的东西（212），老人展示宝剑（268）；提议交换它们。

十三、主人公对未来赠予者的行动做出反应（定义：主人公的反应 peakцияreroя，代码 Γ）。

在大多数情况下，反应可能是正面的，也可能是负面的。

1. 主人公经受住了（未经受住）考验（Γ^1）。

2. 主人公回答（未回答）问候（Γ^2）。

3. 他为死者效劳（未效劳）（Γ^3）。

4. 他放走被囚者（Γ^4）。

5. 他怜悯求情者（Γ^5）。

6. 他为纷争双方分东西并使他们和解（Γ^6）。纷争双方的请求（或者没有请求，就是争执）较常见的是引起另外的反应。主人公欺骗纷争双方，比如说，让他们去追射出的箭，而他自己乘机偷走了被争夺的东西（Γ^{VI}）。

7. 主人公提供某种效劳（Γ^7）。有时这些效劳是应他人请求，有时不过是主人公发善心而已。姑娘款待过路的乞丐（114）。宗教性质的形式似乎可以构成一个特殊的亚类。主人公为颂神燃烧小桶盛着的神香。一个祈祷的例子也可以归入这里（115）。

8. 主人公使自己免遭谋害，并对敌手以牙还牙（Γ^8）。他迫使老妖婆说出怎样钻进炉子去之后，把她关进了炉子里（108）。主人公秘密地与老妖婆的女儿换了衣服，老妖婆把女儿当成主人公杀了（105）。巫师想把主人公关在山上，结果自己留在了那里（243）。

9. 主人公战胜（或未战胜）敌手（Γ^9）。

10. 主人公同意交换，但立刻运用该物的魔力对付原主（Γ^{10}）。老人用能自动挥舞的宝剑换绿林好汉的神桶，绿林好汉一换到手，立刻就下令让宝剑砍掉老人的脑袋，用这种方法夺回了桶（268）。

十四、宝物落入主人公的掌握之中（定义：宝物的提供、获得 снабжение, получение волшебного средства，代码 Z）。

宝物可以是：（1）动物（马、鹰等）；（2）能够变成神奇的相助者的东西（内藏马匹的火镰、内藏好汉的指环）；（3）具有神力的东西，如大木棒、宝剑、古斯里琴、球及其他许多东西；（4）直接赋予主人公的神性，如力气、化身为动物的本领等等。所有这些转交的对象我们都（权且）称之为宝物。转交的方式如下：

1. 直接转交宝物（Z^1）。类似的转交常常带有奖赏的性质。老人赠送一匹马，林子里的动物赠送自己的幼崽，等等。有时主人公是获得化身为动物的本领（详见下文第六章），以代替让动物落入他的掌握之中。有些故事在奖赏的时刻便戛然而止。在这类情况下，所赠之物就是某种更贵重的物品，而非宝物（z^1）。如果主人公的反应是负面的，那转交就不会发生（Z_{neg}），或者代之以残酷的报复。主人公被吃掉、被冻僵、被从背上割下一条皮来、被扔到大石头底下等（代码 Z_{contr}）。

2. 指点宝物在何处（Z^2）。老人指明那棵底下有条飞船的橡树（144）。老头指明那位从他那里可以得到神马的农夫（138）。

3. 现造出宝物（Z^3）。"巫师走上岸，在沙地上画了一只小船然后说：'喏，弟兄们，你们看见这条小船了吗？''看见了！''那就上船吧！'"（138）。

4. 宝物被买卖（Z^4）。主人公买下一匹神马（185），买下一条狗和一只猫（190），等等。购买和现造的中间形式是订制。主人公在铁匠铺订制一条链子（105）。这种情形的代码是Z_3^4。

5. 宝物偶然落入主人公手中（被他发现）（Z^5）。伊万在地下世界看到一匹马，就骑了上去（132）。主人公碰见两棵长着魔法苹果的树（192）。

6. 宝物突然自行显现（Z^6）。突然出现登山的梯子（156）。自行出现的特殊形式是从地下长出来（Z^{VI}）。可以长出来的东西还有神奇的灌木（101）、树条子、狗和马、小矮人。

7. 宝物被喝下去或吃下去（Z^7）。严格地说，这种形式不算转交，然而它与上述情形也有一致之处。三种饮料给人以非凡的力量（125）。被吃下去的鸟内脏赋予主人公以各种神通（195）。

8. 宝物被盗（Z^8）。主人公从老妖婆那里盗走一匹马（159）。主人公盗走了争吵者的东西（197）。宝物用在拿它们进行交换的人物身上，卖出的东西被夺回也可以看成是被盗的特殊形式。

9. 各色故事人物自己供主人公驱使（Z^9）。例如，动物可以或者是把幼崽送人，或者索性是它自己愿为主人效劳。它似乎是自己送上门去的。让我们对以下情形来做一番比较。马并不总是直接转交或藏身在火镰里。有时赠予者只是告知一句咒语口诀，靠这句口诀能将马呼唤来。在后一种情形中本来什么都没给伊万，他得到的只是对相助者的权力。我们看到的这个例子是请求者将驱使自己的权力给了伊万。狗鱼告诉伊万一句口诀，凭这句口诀就能召唤它（"你只要说'照狗鱼的命令'"等等）。最后，如果省略了口诀，动物干脆就答应"到时候你会用得着我的"，那么我们面对的依然是主人公掌握了化身为动物的宝物。它们后来成了伊万的相助者（代码 z^9）。各类宝物常常是没有任何铺垫就突然出现，不期而遇，愿意帮忙并充当相助者（Z_9^6）。最常见的是主人公带着不寻常的标志物，或者是拥有各种神技的人物（大肚汉、贪杯鬼、冻死鬼）。

在继续列出下面的功能项之前，可以先提出一个问题：要素 Д（转交的铺垫）与 Z（转交）的诸项体是怎样结合的？[1] 不过应该看到，当主人公是负面反应时，出现的只可能是 Z_{neg}（转交未发生）或者是 Z_{contr}（失败者受到残酷的惩罚）。是正面反应时则会出现以下结合（见图示）：

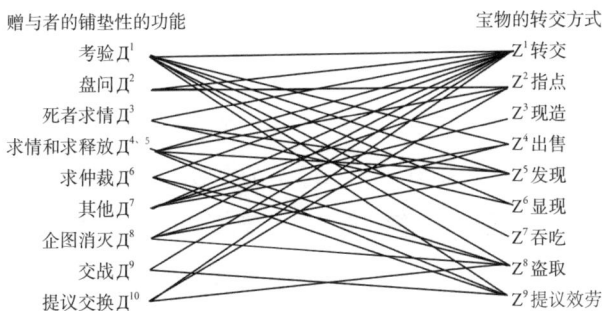

赠与者的铺垫性的功能	宝物的转交方式
考验 $Д^1$	Z^1 转交
盘问 $Д^2$	Z^2 指点
死者求情 $Д^3$	Z^3 现造
求情和求释放 $Д^{4,5}$	Z^4 出售
求仲裁 $Д^6$	Z^5 发现
其他 $Д^7$	Z^6 显现
企图消灭 $Д^8$	Z^7 吞吃
交战 $Д^9$	Z^8 盗取
提议交换 $Д^{10}$	Z^9 提议效劳

从这个图示可以看出，联系是极其多样的，因而从整体上可以判定一些变体与另一些变体有着宽泛的替代性。但是，如果更用心地审视这个图示，那么惹人注目的是有些结合缺项。这一缺项时

---

[1]　更大范围的关于诸变体之间的关系问题将在下一章提出。

常被以材料不足来解释，但还有些联系似乎不合逻辑。这样一来我们就会得出一个结论，即存在着几个联系类型。如果给类型下定义时是从转交宝物的形式出发，那就可以确定两种联系类型：

1. 与试图干掉主人公（将他烤熟之类）、请求仲裁、建议交换相关的盗取宝物。

2. 与别的铺垫形式相关的所有其他转交及获得形式。假如仲裁的确发生了，请求仲裁就属于第二种类型，而假如争执双方被欺骗，则与第一种类型有关。接下去，可以发现，宝物或相助者的被发现、被买到以及突然自动显现常常是不期而遇的。这是一些退化的形式。但是，假如它们还是经过了铺垫，那就是作为第二种类型的形式，而非第一种。了解这一点就可以触及赠予者性质的问题。第二种类型最常出现的是友善的赠予者（那些交手之后不情愿地拿出宝物者例外），第一种类型则产生怀有敌意的或者至少是被骗的赠予者。这已经不是本意上的赠予者了，而是迫不得已给主人公提供帮助的出场人物。在每个类型的形式的内部，所有结合都是可能的，也是符合逻辑的，尽管它们未必出现，例如，实施考验或感恩的赠予者可以转交、指点、出售、造出宝物，可以使主人公找到它，等等。另一方面，从被骗的赠予者那里，宝物只会是被盗取或被夺取。这些类型以外的结合都是不合逻辑的。例如，假如主人公完成了老妖婆出的难题之后，又从她那儿盗走了马驹，这就不合逻辑。这并不意味着故事里没有这类结合。它们是存在的，但讲故事的人在这种情况下会尽量找补说明其主人公行为的缘由。另一个不合逻辑关系的范例说得非常透彻：伊万与一个老头交战，交战时老头无意中让伊万喝下了增力水。如果将这个例子跟感恩的或者一般来说就是友善的赠予者提供饮料的故事相比较，这个"无意"便明白了。这样一来我们就会看到，不合逻辑的联系是拦不住讲故事者的。假如走纯粹经验主义的路子，那就不得不肯定要素 Д 与要素 Z 所有变体彼此之间的可替代性。

略举几个具体的联系例子：

类型 II[1]。

$Д^1Г^1Z^1$。老妖婆迫使主人公救出马群。接着出了一个难题，主人公又完成了，他得到了一匹马（160）。

$Д^2Г^2Z^2$。一个小老头盘问主人公，主人公回答时的态度很粗鲁，他什么也没得到。后来他又返回来，恭敬作答，他得到一匹马（155）。

$Д^3Г^3Z^1$。垂死的父亲让儿子们在他的坟前守三夜。小儿子照着做了，他得到一匹马（179）。

$Д^3Г^2Z^{VI}$。公牛犊请国王的孩子们把它宰了，烧掉，然后将灰埋在三畦地里。主人公这么做了。从第一畦中长出了一棵苹果树，从第二畦中长出了一条狗，从第三畦中长出了一匹马（201）。

$Д^1Г^1Z^5$。弟兄们找到了一块大石头。"能不能把它搬开呢？"（没有考验者的考验）。哥哥们都做不到，小弟弟搬开了石头，石头下面露出了一个地窖，伊万在地窖里找到了三匹马（137）。

1　原文如此。——译者注

这张单子可以随意地[1]开下去。只不过必须看到，在类似情形下可以转交的不仅仅是马，还有其他神奇的赠物。此处选择有马的例子为的是更突出形态上的亲缘关系。

类型 I^2。

$Д^6Г^{VI}Z^8$。三个争执不下者请求仲裁神奇之物。主人公让他们彼此追赶，乘机盗走了那些宝物：桌布、飞毯、靴子（192）。

$Д^8Г^8Z^8$。主人公们来到了老妖婆那儿。她想在夜里砍下他们的脑袋。他们把她的女儿塞给她。弟兄们都跑了，小弟弟盗走了魔力手帕（105）。

$Д^{10}Г^{10}Z^8$。隐身的精灵什玛特-拉祖姆为主人公效劳。三个商人用小箱子（园子）、斧头（船）、号角（军队）和主人公交换宝物，他答应交换，但随后就召回了自己的相助者（212）。

我们看到，一些变体替换为另一些变体，这其实在每个类型里都广为采用。另一个问题是：一定的转交对象是否与一定的转交方式联系在一起，即是不是被提供的总是马，被盗的总是飞毯，以此类推？尽管我们的研究触及的仅仅就是这些功能本身，但我们能够指出（未加证实）：这类标准是不存在的。最常被提供的是马，在第160号故事里就是被盗走的。相反，在追捕中救命的魔力手帕通常是被盗取的，在第159号及另一些故事里却是被赠予的。

让我们还是回到列举角色的功能。在获得宝物之后应该使用

1　原文为拉丁文。——译者注
2　原文如此。——译者注

它，或者，如果落入主人公手中的是活物，它就应该按照主人公的吩咐直接帮助他。主人公因此在表面上失去了任何意义：他什么也不做，由相助者来完成一切。然而，主人公在形态方面的意义极为巨大，因为他的意图创造出了叙述的轴心。这些意图在主人公给他的相助者下的各种各样的命令中表露出来。现在可以给主人公下一个较上文所言更加准确的定义了。神奇故事的主人公就是这样的人物——他或者在开场时直接受到敌对者行动的折磨（或感觉到某种欠缺），或者答应化解另一个人物的灾难或解决其缺失。在情节进程中，主人公是这样一个角色——他得到宝物（神奇的相助者）并使用它们，或享受他们的服务。

十五、主人公转移，他被送到或被引领到所寻之物的所在之处（定义：在两国之间的空间移动 пространственное перемещение между двумя царствами，引路 путеводительство，代码 R）。

通常寻找的对象都在"另一个""别的"国家。这个国家或者远在天边，或者在山高水深之处。贯通的方法在任何情况下都一样，但下至深渊和登临高处有专门的形式。

1. 他在空中飞翔（R^1）。骑在马背上（139），被鸟驮着（171），化作鸟的形象（162），乘飞船（144），坐在飞毯上（197），伏在巨人或精灵的背上（212），乘坐鬼的车（154），等等。被鸟驮着飞有时还伴随着一个细节：在路上需要喂它，主人公随身带着一头牛或其他的东西。

2. 他在陆地或水中行驶（R^2）。骑着马或狼（168）。乘船（247）。盲眼勇士背着无脚勇士（198）。猫坐在狗的背上渡过了河

（190）。

3. 他被引领而行（R^3）。小线团引路（234）。狐狸领着主人公去见国王（163）。

4. 给他指路（R^4）。刺猬告诉他去被掠走的兄弟那里的路（113）。

5. 他使用固定不动的通行工具（R^5）。他顺着梯子攀登（156），他找到一条地下通道并用上了它（141），他踩着大狗鱼的脊背当成桥走（156），他拽着绳索往下降，等等。

6. 循着血迹前行（R^6）。主人公打败了住在林中小木屋里的人，那人逃跑了，藏身在一块石头下面。伊万循着他的踪迹找到了通往另一个王国的入口。

这穷尽了主人公转移的众多方式。必须看到的是，送交作为一项特殊的功能有时会脱落。主人公就是达到目的地而已，即功能项R是功能项↑的自然延续。在这种情况下功能项R不会被注意到。

十六、主人公与对头正面交锋（定义：交锋борьба，代码Б）。

应区别这一形式与抱有敌意的赠予者的作战（殴斗）。这些形式可以根据结果来区分。如果正是由于狭路相逢而使主人公获得了接下去要去寻找的宝物，那么出现在我们眼前的就是Д项。如果正是由于取胜而使得所寻之物落入主人公手中，他是因它而被派遣，那么出现在我们眼前的就是Б项。

1. 他们在野外作战（$Б^1$）。首先可以归入这里的是与蛇妖或怪物之类的战斗（125），还有与敌军、与勇士等的交战（212）。

2. 他们进行比赛（$Б^2$）。在一些幽默故事里，交战有时不会发生。吵架（有时与战前对骂完全类似）后主人公和加害者进行比赛。主人公靠计谋得胜——一个茨冈人捏出水的不是石头，而是一块奶渣，他巧施计策骗过了蛇妖（149），令蛇妖狼狈逃窜，等等。

3. 他们玩纸牌（Б³）。主人公与蛇妖（鬼）玩纸牌（153，192）。

4. 第93号故事有着特殊的形式。在这个故事里，母蛇妖向主人公提议说："让伊万王子跟我一起过秤，看谁重。"

十七、给主人公做标记（定义：打印记 клеймение，做记号 отметка，代码 K）。

1. 身体上留下记号（K¹）。主人公在战斗中受了伤。公主在作战前叫醒他时，用小刀在他的面颊上划了一道伤口（125）。公主用宝石戒指在主人公额头上做记号（195）。她吻了他，因而在他的额头上有一颗星星闪耀。

2. 主人公得到一个指环或一条手巾（K²）。如果主人公作战受伤，用公主或国王的手巾给他包扎伤口，那我们看到的就是两种形式合而为一。

3. 其他打印记的方式（K³）。

十八、对头被打败（定义：战胜 победа，代码 П）。

1. 他在公开的战斗中被打败（П¹）。

2. 他输了比赛（П²）。

3. 他输了牌（П³）。

4. 他过秤时输了（П⁴）。

5. 他还没作战就被杀死了（П⁵）。蛇妖在睡梦中被干掉

（141）。蛇妖藏在树洞里，他被杀死了（164）。

6. 他直接被赶走（Π^6）。被魔鬼控制的公主把圣像挂在脖子上，"恶魔的力量就化作一团气飞了出去"（115）。

以消极形式出现的胜利。假如参战的有两个或三个主人公，其中的一个（将军）藏了起来，而另一个获胜（代码 Π^1）。

十九、最初的灾难或缺失被消除（定义：灾难或缺失的消除 ликвидация беды или недостачи，代码 Л）

该项功能与加害行为（A）构成了一对。讲述由这个功能项达到高潮。

1. 运用力气或计谋盗取所寻找的对象（$Л^1$）。主人公在此有时会采取加害者在开头部分进行窃取时用过的方法。伊万的马变成了一个乞丐行乞。公主给它施舍。伊万跑出灌木丛，抓住公主把她带走了（185）。

1a. 有时谋取是由两个故事人物完成的，其中一个强迫另一个下手。马踩着虾，强令它去把结婚礼服弄来。猫捉到了一只老鼠，强令它把指环带来（代码 $Л^1$）。

2. 数个故事人物迅速交替行动，一下子获取所寻找的对象（$Л^2$）。一连串接踵而来的失败或者被窃者试图逃跑，导致了分工。西梅翁七兄弟把公主弄到了手：小偷盗来了她，她变成天鹅飞走了；射手射中了她，另一个兄弟代替狗将她从水里弄上来；等等（145）。与之相类似的还有弄来装着科谢依命根子的蛋。兔子、鸭子、鱼带着这只蛋跑、飞、游。狼、乌鸦、鱼弄到了它（156）。

3. 借助诱饵获取所寻找的对象（$Л^3$）。在某些情况下，这一

形式与 Л¹ 很相近。主人公借助一些金器诱骗公主上了船，然后将
她运走了（242）。以建议交换形式出现的诱饵似乎可以构成一个
特殊的亚类。被弄瞎双眼的姑娘绣了一顶奇妙的王冠，将它交付
给心怀歹意的女仆；女仆以眼睛换取王冠，眼睛就这样失而复得
（127）。

4. 所寻之物的获取是先前行动的直接结果（Л⁴）。例如，假使
主人公杀死蛇妖并随后娶了被解救的公主，那这里就没有作为特殊
行动的获取，但有作为一个功能项、作为情节进程中一个阶段的获
取。公主未曾被抓住、被运走，然而仍是被人得到了。她因交战而
被获取。这些情况下的获取是一个逻辑组成部分。获取也可以不仅
仅是由于交战而是由于其他行动完成。例如，伊万可以因有人引路
而找到公主。

5. 通过运用宝物的方法瞬间获取所寻找的对象（Л⁵）。（从魔
法书中现身的）两个好汉旋风般地捉到了金角鹿（212）。

6. 运用宝物摆脱贫穷（Л⁶）。神鸭下了金蛋（195）。自动摆上
食物的桌布以及遍体是银币的马（186）也属于此类。在狗鱼的形
象中，我们看到自动摆上食品桌布的另一种形式："按狗鱼的吩咐，
遵照神的祝福，摆好桌子备好午饭。"（167）

7. 所寻找的对象被捕捉到（Л⁷）。这一形式对于农作物祸害来
说是很典型的。主人公捉到了偷干草的马（105）。他捉到了偷豌
豆的鹤（186）。

8. 中魔法者被解除魔法（Л⁸）。这个形式对于功能项 A¹¹（中魔
法）是典型的。解除魔法或者借助于烧掉羊皮袄，或者借助于口

诀：变回姑娘吧。

9. 被杀者复生（Л⁹）。从脑袋里拔出来发针或致人于死命的牙（202，210）。给主人公喷起死回生水。

9a. 类似的情况还有：在把东西窃取回来时，一只动物强使另一只行动，这里就有狼捉到了一只乌鸦，它迫使乌鸦之母送来起死回生水（168）。这类凭事先得到的水而复生的情形可以列入一个特殊的亚类（代码Лⁱˣ）。

10. 被囚者获释（Л¹⁰）。马撞碎牢门，放出了伊万（185）。这个形式与诸如放走林妖没有丝毫共同之处，因为在那里是为感恩和转交宝物提供一个理由，而在这里是化解开场时出现的灾难。在259号故事里有一个获释的特殊形式，在这个故事里海王每天半夜总要带着他的俘虏上岸去。主人公恳求太阳救救他。前两次太阳都迟到了，第三次"太阳大放光芒，于是海王无法再俘获伊万"。

11. 有时获取所寻找的对象是以获得宝物的形式完成的，即它为人所赠、被指点出它的所在之处、被买来等等。这类情形的代码为ЛZ¹，是直接转交，ЛZ²则是指点所在，如此类推像上面一样。

二十、主人公归来（定义：归来 возвращение，代码↓）。

归来通常以到达的形式完成。不过，判定这里在归来之后有一个特殊功能项并无必要，因为归来已经意味着对空间的克服。出发去那里时并不总是这样。在出发后要提供宝物（马、鹰等），然后才会出现飞行或其他形式的旅行，在这种情况下归来立刻会发生，并且大部分是以到达的形式。有时归来也有逃遁的性质。

二十一、主人公遭受追捕（定义：追捕 преследование，追缉

погоня，代码 Пр）。

1. 追捕者尾随主人公飞着追他（Пр¹）。科谢依化作旋风追赶伊万（159）。巫婆飞着追一个男孩（105）。几只天鹅飞着追一个小姑娘（113）。

2. 追捕者要求抓住罪犯（Пр²）。这个形式最常见的是与飞行联系在一起。蛇妖之父派出一条飞船。人们在船上喊："抓住罪犯！抓住罪犯！"（125）

3. 他追捕主人公，迅速变成了各种动物及其他东西（Пр³）。这个形式在某些阶段也与飞行联系在一起。巫师化身为狼、狗鱼、人、公鸡追捕主人公（249）。

4. 追捕者（蛇妖之妻之类）变成了诱人之物置于主人公的必经之路上（Пр⁴）。"我跑到前边去给他把天气弄得炎热，我自己变成一片绿色的草场，在这片绿色的草场上变出一眼井，在这眼井里放上一只银盅……这时就把他们撕得粉碎……"（136）母蛇妖变成花园、枕头、水井等。它们用怎样的方法追上主人公，故事对此丝毫不曾透露。

5. 追捕者试图将主人公吞下去（Пр⁵）。母蛇妖变成一位姑娘来诱惑主人公，然后又变成了一头母狮子想把伊万吞下去（155）。母蛇妖的母亲张开顶天接地的血盆大口。

6. 追捕者试图杀死主人公（Пр⁶）。他使劲把致人死命的牙齿扎进主人公的脑袋（202）。

7. 他使劲咬断主人公藏身其上的树木（Пр⁷，108）。

二十二、主人公从追捕中获救（定义：获救 спасение，代码

Cπ）。

1. 他在空中逃脱（有时他以闪电般的奔逃获救—— $C\pi^1$）。主人公骑马腾空而去（160）、骑鹅飞走（108）。

2. 主人公逃跑，逃跑时给追捕者设下障碍（$C\pi^2$）。他扔出刷子、梳子、手巾，它们变成了山峦、河流、湖泊。类似的情况还有：维尔托戈尔与维尔托杜伯搬山拔树，将它们搁在母蛇妖必经的路上（93）。

3. 主人公在逃跑时化身为令人认不出来的东西（$C\pi^3$）。公主把自己和王子变成了水井和水罐、教堂和牧师（219）。

4. 主人公在逃跑时隐藏起来（$C\pi^4$）。小溪、苹果树、炉灶藏起了姑娘（113）。

5. 他藏在铁匠那儿（$C\pi^5$）。母蛇妖要求抓住罪犯。伊万藏在了铁匠那里，铁匠抓住母蛇妖的舌头，用锤子砸它（136）。第153号故事里的情形无疑与这个形式有关。几个鬼被一个士兵放进了背囊里，送到铁匠铺，用锤子痛打了一顿。

6. 他以迅速变成动物、石头等东西的方式逃跑获救（$C\pi^6$）。主人公逃跑时化身为一匹马、一条鲈鱼、一个指环、一粒种子、一只鹰（249）。对于这种形式来说，最重要的是变身本身。逃跑有时会不出现，这些形式可以被认为是一个亚类。姑娘被杀，从她的身上长出一片花园，花园被砍光了，变成了一块石头（127），诸如此类。

7. 他躲避变身后的母蛇妖的诱惑（$C\pi^7$）。伊万劈斩花园、水井等，从这些东西上流出血来（137）。

8. 他不让自己被吞吃掉（$C\Pi^8$）。伊万骑着自己的坐骑跃过母蛇妖的血盆大口。他在母狮子的身上认出了母蛇妖并杀死了它（155）。

9. 他从对他性命的谋害中脱险。野兽们及时从他的脑袋里拔出致人死命的牙齿（202）。

10. 他跳到了另一棵树上（$C\Pi^{10}$，108）。

很多故事都是讲到从追捕中获救便收场。主人公回到了家，然后，如果他还带回一个姑娘的话，那就结婚，如此而已。但并不总是这样，故事还要让主人公经受新的磨难。又一次出现了他的敌人，伊万的所获之物被盗走，他自己遭杀害，等等。一句话，开场时的加害行为再次重复，有时还是开端部分出现过的那些形式，有时是对这个故事而言另一些新的形式，以此作为新的讲述的开端。重复出现的加害行为并没有什么特别的形式，我们看到的仍是盗取、施魔法、杀害等等。但是新的磨难中有一些特殊的加害者，这就是伊万的兄长们。伊万到家不久，他们就夺走了他的获取物，有时连他也给杀了。如果他们留他一条活命，那也是为了制造出新的寻找活动，在主人公与他的所寻之物之间必须再次弄出无比遥远的距离。这一点以伊万被抛入深渊（大坑、地下王国，有时是大海）来实现，他有时要飞整整三天才能到那里。然后重复所有开始时发生过的事，即与赠予者偶然相遇、经受到的考验或被提供的效劳及其他。获取宝物并使用它是为了回到自己的王国。从这个时刻起故事的展开不同于开头了，我们下面就转而来谈它。

这一现象意味着许多故事都是由两个功能系列构成的，它们可以被称为回合。新的磨难创造出新的回合，如此一来，有时整整一个系列的故事合为一个叙述。不过，下面将要进行描绘的故事的展开，尽管创造出了新的回合，但依然是该故事的延续。随之而来必须提出的一个问题是：如何界定在一个文本里有几个故事。

八_{再次出现}、**弟兄们盗走了伊万的所获之物**（他自己被扔进了深渊）。加害行为已经用代码 A 表示。如果弟兄们盗走的是未婚妻，代码为 A^1。如果被盗的是宝物，那就是 A^2。如果盗取还伴随着杀害，那就是 A^1_{14}。与抛入深渊相联系的几种形式代码为 $^\cdot A^1$，$^\cdot A^2$，$^\cdot A^3_{14}$，等等。

十一十一_{再次出现}、**主人公重新上路去寻找**（C↑，参见第十一—十一项）。这个组成部分在这里有时会漏掉，伊万徘徊、哭泣，好像并不想归家。B（派遣）这一项在这些情况下总是遗漏掉。因为既然未婚妻是从伊万身边被盗走的，他就用不着受派遣了。

十二_{再次出现}、**主人公重新经历引导他获得宝物的行动**（Д，参见第十二项）。

十三_{再次出现}、**主人公对未来的赠予者重新产生反应**（Г，参见第十三项）。

十四_{再次出现}、**新的宝物落入主人公手中**（Z，参见第十四项）。

十五_{再次出现}、**主人公被送到或被运到所寻之物的所在之处**（R，参见第十五项）。在这种情形下他被送到了家。

从这个关头起，叙述的展开已经有所不同，故事提供了一些新的功能项。

二十三、主人公以让人认不出的面貌回到家中或到达另一个

国度（定义：不被察觉的抵达 неузнанное прибытие，代码 X）。这里可以发现有两种情形。1. 到家。主人公落脚在某个手艺人那里：金银匠、裁缝、鞋匠，给手艺人当徒弟。2. 他到了另一个国王那里，去厨房当厨子，或者去当马倌。除此之外，有时还要标出普通的抵达。

二十四、假冒主人公提出非分要求（定义：非分要求 необоснованные Притязаниятязания，代码Ф）。

如果主人公是回到家里，那非分要求是哥哥们提出的。如果他是在另一个王国当差，提出这类要求的会是将军或运水夫及其他人。哥哥们要冒充获取者，将军则是要冒充战胜蛇妖的人。这两种形式都可以认为是特殊的类。

二十五、给主人公出难题（定义：难题 трудная задача，代码3）。

这是故事最心爱的组成部分之一。诸难题是在刚才描述的联系之外提出的，但这些联系且待下文论及，我们先着手弄清楚难题本身是怎么回事。这些难题五花八门，每个似乎都需要一个特殊的代码。不过，暂且没必要进入这些细节，因为不是要提供一个精确的分类。我们将逐项列举我们所占有材料的所有情形，大致地将其分为几组。吃喝的考验：吃下去一定数量的牛、成车的面包，喝大量的啤酒（137，138，144）。火的考验：在烧得滚烫的生铁澡堂里洗澡。这个形式总是与前面的事相联系，个案有在开水里洗澡（169）。解谜语及其他难题：出无法破解的谜语（239），说梦、解梦（241），说出乌鸦在国王的窗口哇哇叫的是什么并且将它们赶走（247），辨认出（猜出）国王之女的标志（219）。选择的难题：从十二个一模一样的姑娘（小伙子）里指出所要找的那个（219，227，249）。捉迷藏：藏得让人找不到（236）。力气、灵巧、勇气的考验：跳到窗口亲吻公主（179，182），跳过大门（101），公主紧攥伊万的手或者想在夜里闷死他（198，136）；砍掉蛇妖的头（171），驯马（198）；给一群母野马挤奶（169）；打败女武士（202）；打败竞争者（167）。耐力的考验：去第七个国家寻找妻子（268）。送交东西和制造东西的难题：送药（123），送结婚礼服、戒指、皮鞋（132，139，156，169），送交海王的头发（136，240），送交飞船（144），送交活命水（144），排兵布阵（144），猎获十二匹金色母马（182），一夜之间建起一座宫殿（190），建起一座通往宫殿的桥（210），带来"跟我的陌生的客人相配的东西"（192）。制造东西的难题：缝出一件衬衫（104，267），烤面包（267）；在这种情形下作为第三个难题的是国王提议看"谁跳舞跳得好"。另一些难题是：从某丛灌木或某棵树上摘浆果（100，101），穿过大坑上的木棍桥（137），"谁的蜡烛会自己燃烧起来"（195）。

关于如何将这些难题与其他一些十分类似的组成部分区别开来，下面谈同化的一章里将会说到。

二十六、难题被解答（定义：解答решение，代码P）。当然，解答的形式与难题的形式是准确对应的。有一些难题在被提出之前，或者是在出难题者要求解答之前就解决了。例如，主人公先知道了公主的特征，难题随后才出。这类预先解答的情形将用代

码 ˙P 表示。

二十七、主人公被认出（定义：认出 узнавание，代码 У）。

他被根据记号、印记（伤口、星星）或者转交给他的物品（指环、手巾）认出。在这种情形下，认出是与打下印记、留记号相对应的一个功能项。他还会因为解答了难题被认出来（在这种情形下几乎总是先出现不被察觉的抵达），或者认出直接发生于久别之后。在这种情形下彼此认出的可以是父母与孩子、兄弟与姐妹等等。

二十八、假冒主人公或对头被揭露（定义：揭露 обличение，代码 О）。

这个功能项大多数时候与先前发生的事相联系。有时它是未解答难题的结果（假冒主人公举不起蛇妖的头）。最常见的是它以讲述的形式出现（"这时公主讲出了所发生的一切"）。有时所有事件从一开始就以故事的形式讲了出来，加害者在听众中，他大声反对暴露了自己（197）。有时是唱的歌叙述了曾发生过的事情，并揭露了加害者（244）。还有另外一些个别的揭露形式（258）。

二十九、主人公改头换面（定义：摇身一变 трансфигурация，代码 Т）。

1. 直接靠相助者的神技改头换面（T^1）。主人公从马（牛）的耳内钻过，获得焕然一新的美貌。

2. 主人公造出一座奇妙的宫殿（T^2）。他自己以王子的身份在宫殿里走动。姑娘一觉醒来身在奇妙的宫殿里（127）。尽管在这种情形下主人公并不总是改变长相，但在这些情况下，出现在我们面前的依然是改换面貌，是它的特殊类型。

3. 主人公穿上新衣（T^3）。姑娘穿戴上了有魔力的衣裙和装饰，突然变得美丽动人，令所有人惊异（234）。

4. 合理化的与幽默的形式（T^4）。这些形式一部分可以用他们上述的摇身一变来解释，一部分则应该与它们所源自的笑话故事研究联系起来进行研究和解释。在这些情形中并没有出现长相本身的改换，但以欺骗的方式造成了假象。例如：狐狸向国王引见布赫坦，它说布赫坦掉到沟里了，请求给他衣服，就把国王的衣服给了它；布赫坦穿上国王的衣服进了王宫，被当成了王子。所有类似的情形都可以简单概括为：富有与美丽的虚假证明，被当成真实的证明。

三十、敌人受到惩罚（定义：惩罚наказание，代码H）。

敌人被射死、被驱逐、被拴在马尾巴上，以自杀及其他方式结束性命。除此之外，我们有时还会看到宽大为怀的赦免（H_{neg}）。被惩罚的一般是第二个回合里的加害者和假冒主人公，而第一个加害者只有在讲述里没有出现作战和追捕的那些情况下才会受到惩罚。在这种情况下他会战死，或者在追捕中死掉（妖婆在企图喝干大海时被撑破肚皮，等等）。

三十一、主人公成婚并加冕为王（定义：举行婚礼свадьба，代码C*）。

1. 或者一下子获得未婚妻和王国，或者主人公先获得半个王国，待双亲亡故后再获得整个国家（C*）。

2. 有时主人公只是结婚而已，但他的新娘并不是公主，加冕为王也没有发生。（代码 C'）。

3. 有时候反过来，只说到他获得王位。（代码 $C.$）。

4. 如果故事在加冕礼前不久被新的加害行为所打断，那么第一个回合就以订婚和许婚结束。（代码 c^1）。

5. 相反的情形：已婚的主人公失去了他的妻子，又因寻找而破镜重圆。破镜重圆的婚姻代码为 c^2。

6. 有时主人公获得金钱奖赏或其他形式的补偿，以取代公主许婚（c^3）。

故事到此收场。应当指出的是：在一些个别情况下，故事主人公的某些行动无法归入上述任何一个功能项，无法以上述任何一个功能项来定义。这种情形并不很多。这或者是一些离开比较材料便无法理解的形式，或者是从其他一些类型的故事（笑话、传说等）转引而来的形式。我们将其定义为不明成分，以符号 N 来表示。

由以上观察到底能够得出怎样一些结论呢？

首先是几个一般性的结论。

我们看到，功能项的数量的确十分有限。可以标出的功能项只有三十一个。我们所引材料的所有故事中的行动一律在这些功能项的范围内展开，形形色色民族极其多样的其他故事中的行动亦然。还有，如果将所有的功能项连起来读下去，我们将会看到，出于逻辑的需要和艺术的需要，一个功能项会引出另一个。我们看到，任何一个功能项都不会排斥别的功能项，它们全都属于一个轴心，而不是几个轴心，这一点在上文已经提及。

现在可以得出几个局部的、确实是非常重要的结论。

我们看到，有很大数量的功能项是成对排列的（禁止—破禁，刺探—获悉，交锋—战胜，追捕—获救，等等）。另有一些功能项是分组排列的，例如：加害，派遣，决定反抗和离家上路（ABC↑）构成了开场。赠予者对主人公的考验，他的反应和对他的奖赏（ДГZ）同样构成了某个完整的段落。同时存在的还有一些单个的功能项（外出、惩罚、成婚等）。

这些局部性的结论我们暂且点到为止。关于功能项成对排列的观察对我们更有用。对我们有用的还有一般性结论。

我们现在应该更专注地转向故事，转向单个的文本。该图式如何运用于文本的问题，对图式而言单个故事是什么的问题，只有在文本分析中才能得到解答。相反的问题——对故事而言这个图式是什么的问题——现在就可以解答。对于单个故事来说它是一个度量单位，就像可以用公尺丈量布料来确定它的长度一样，图式也可以应用于故事并对它们加以界定。将该图式用于不同的故事便可以确定故事之间的关系。我们已经可以做出预测：关于故事的亲缘关系问题、关于情节与异文的问题均可借此获得新的解答。

第四章

·

同化。一个功能项具有
双重形态意义的几种情形

上文已经指出，功能项的确定应该不依赖于谁来完成它。由对功能项的列举可以确信：它们的确定也不依赖于它们用怎样的方法完成。

这一点有时给为单个故事下定义带来了困难，因为不同的功能项可以用完全一样的方式完成。显而易见，这里存在着一些形式对另一些形式的影响。这一现象可以被称为功能实现方式的同化。

这种复杂的现象在此无法全面铺开阐述。我们要研究的只是对于分析下文来说必要的部分。

让我们来举一个这类的例子：伊万跟老妖婆要一匹马。她让他从一群一模一样的马驹子中挑一匹最好的。他挑得很准，然后把马带走了（160）。老妖婆的举动是作为赠予者来考验主人公，此后就应该是获得宝物。可我们却看到，在另一个故事（219）里，主人公想娶海王的女儿。海王要求主人公从十二个一模一样的姑娘中把自己的未婚妻挑出来。这种情形是否可以定义为赠予者的考验呢？显然，尽管行动是相同的，我们面前的成分却完全是另外一个，它是与求亲相关的难题。可以推定是发生了一种形式与另一种形式的同化。我们不想提这种或那种意义上的第一性的问题，不过，应该找到一条在所有类似情况下都能对成分进行准确划分的标准，尽管行为是一样的。在这些情况下永远可以遵循根据其结果来定义功能项的原则。如果在解答难题之后接踵而来的是获得宝物，那么我们看到的就是赠予者的考验（Д）。如果接下来出现的是得到未婚妻和成婚，我们看到的便是难题（3）。

用这种方法便可以将难题与开场性质的驱使区别开来。受派去寻找金角鹿及其他东西亦可被称为"难题"，但从形态上看，类似的驱使是不同于公主的难题和老妖婆的难题的另一种成分。如果驱使导致出发、漫长的寻找（C↑），与赠予者相会及其他，那么出现在我们眼前的就是开场成分（a，B——缺失和驱使）。如果难题被解答之后紧接着是立刻成婚，我们眼前出现的就是难题及其解答（3—P）。

如果在难题之后接着成婚，那就意味着未婚妻是以解答难题的方式得到的。这样的话，难题的结果（而我们正是根据结果来定义成分的）就是找到所寻找的人物（或物件，但不是宝物）。难题可以定为"与求亲有关"和"与求亲无关"的。后一种情形很难得碰到（在我们的材料中就只有两例，第249号和第239号故事）。在解答之后是得到所寻对象。这样的话，我们就可以得出以下结论：所有导致寻找的难题当视为功能项B，所有导致获取宝物的难题当视为功能项Д，所有其余的难题当视为难题（功能项3）。还有两个变体：与求亲和成婚有关的难题及与求亲无关的难题。

让我们再来看看几个更为一般的同化的例子。对于各种同化来说，难题是最能说明问题的领域。公主有时会要求建起一座神奇的宫殿，它通常是由主人公在宝物的帮助下一下子就建成的。但建成神奇的宫殿也完全会在另一种意义上出现。主人公在大功告成之后眨眼间造出宫殿并变身为王子。这是特殊形式的改变容貌，是一个辉煌的结局，而不是难题的解答。一种形式与另一种形式发生了同化。关于这种形式在不同意义上的第一性的问题，在此依然应该是悬而未决的，它应该由故事史家来解答。

最后，难题还会与跟蛇妖相斗同化。与窃走公主或毁灭国家的蛇妖作战，以及公主的难题——是截然不同的成分。但是在一个故事中公主要求主人公：如果想得到她的许婚，就要战胜蛇妖。应该将这个例子视为功能项З（难题）还是功能项Б（交锋，作战）？这个例子要算难题，因为首先，继之而来的是成婚。其次，我们在上文定义作战时是将它定义为与对头加害者的作战。而在这个例子中蛇妖不是加害者，它是临时引入的，用别的应该杀死或驯服的人物替代，对情节进程似乎也没有任何影响（可比较：驯马的难题，战胜竞争者的难题）。

其他一些也常常发生同化的成分，有开头的加害行为和加害者的迫害。第93号故事始于伊万的姐姐（巫婆，也叫母蛇妖）打算吃掉她的兄弟。他从家里跑了出去，行动由此展开。蛇妖（一个通常是施加迫害的故事人物）的姐姐在这里变成了主人公的姐姐，而迫害转移到了开头并且作为功能项A（加害）来使用，包括作为功能项 A^{XVII}。如果将在母蛇妖施加迫害时如何行动与在故事的开头后母如何行动比较一下，就会发现有一些类似事件，它们多少让我们弄清了后母折磨继女的开头。如果以对这些故事人物的本质属性的研究作为补充，这样的对照便显得尤其突出。通过大量的材料可以看出，后母就是母蛇妖，它转移到了故事的开头，集老妖婆的若干特征和若干生活特征于一身。排挤有时可以直接与迫害进行比较。我们将会指出，母蛇妖化身为苹果树长在主人公要走过的路上，用漂亮但却致命的果实来诱惑他的这种情形，完全可以与后母随后送毒苹果去害继女相比。还可以比较母蛇妖变身为女叫花子和后母派来的女魔法师变身为女小贩等情形。

与同化相类似的另一个现象，是一个功能项具有双重形态意义。最简单的例子就是第265号故事（《小白鸭》）。公爵离家时，禁止妻子走出家门。然后她这儿来了"一个女人，看起来是那么纯朴可亲！她说道：'你很寂寞吧？你哪怕朝人世间看一眼呢！哪怕去花园里走走呢！'"诸如此类（加害者的劝诱 r^1）。于是公爵夫人去了花园里。她就这样接受了加害者的劝诱（g^1），同时打破了禁令（b^1）。这样说来，公爵夫人的离家具有了双重的形态意义。另外一个比较复杂的例子是在第179号及其他故事里。这里的难题（骑着飞奔的马揭下公主的画像）转移到了故事开头。它导致了主人公的出发，即置于承上启下环节（B）的定义之下。值得注意的是，这个难题是以呼吁的形式提出来的，类似于被窃公主之父下诏（比较"谁能骑在飞奔的马上吻到我的女儿米罗丽卡公主""谁能找到我的女儿们"之类）。两种情况下的呼吁是单一的成分（B^1），但除此之外，在第179号故事里的呼吁就同时还是难题。在这个故事里，如同在一些类似的情况下一样，难题转移到了开场，作为功能项B使用，同时还是功能项3。

　　所以，我们看到的是，实现功能的方法彼此影响，同样的一些形式被用在不同的功能项上。一种形式转移到另一个地方，具有了新的意义，或者同时还保留着原有的意义。所有这些现象都给分析造成了困难，并要求在进行比较时特别注意。

第五章

◆

故事的若干其他成分

A．用于功能项之间联系的辅助成分

各种功能项构成了故事的基本成分，情节进程就建立在这些成分之上。与此同时还有一些组成部分，它们尽管不能决定进展，但依然是十分重要的。

可以观察到：各个功能项并非总是一项跟着另一项。如果前后衔接的几个功能项由不同的故事人物完成，那么下一个人物就应该知道在此之前发生过什么。因而故事里形成了一整套通报信息的系统，有时是以艺术特色十分鲜明的形式出现，有时故事则会漏掉这种信息通报。这种时候，故事人物的行动就会根据既定模式进行[1]，或者他们无所不知；另一方面，通报又会用在其实根本不需要的地方。在情节展开的过程中，此功能项与彼功能项就是靠这些通

1　原文为拉丁文。——译者注

报联系在一起的。

几个范例。科谢依窃取的公主被夺走了。应该出现追缉。它
原本应该紧随在夺取之后，但故事却增添了科谢依的马的一段话：
"伊万王子来过了，他把玛利亚·莫列夫娜带走了。"诸如此类。
这样一来，获得（功能项 Л）就与追缉联系起来了（其他参见第
159号故事）。

这是最简单的通报的例子。以下形式从艺术性上说更为突出：
拥有神奇苹果的巫婆的墙头上紧绷着弦；伊万在归途中越墙时碰到
了这些弦；巫婆发觉被窃，开始了追缉。在关于火焰鸟及其他一些
故事中也用到了弦（联结其他功能项）。

在第106和108号故事中还有更复杂的例子。在这些故事里，
老妖婆吃掉的不是伊万，而是自己的女儿。但她自己并不知道。隐
藏起来的伊万用嘲笑的口气把这件事告诉了她，此后就开始了逃跑
和追捕。

我们还看到一个相反的例子，被追赶的人知道有人在后面追
他。他把耳朵贴在地上，听到了追他的声音。

蛇妖之女或妻子变身为花园、水井等追捕的特殊形式如下：
伊万战胜了蛇妖之后打算回家，再次归来。他偷听到了蛇妖们的交
谈，以这种方式得知了追捕的消息。

这些情形可以被称为直接通报。其实，上文用字母 B（灾难或
缺失被告知），也用 w（向加害者泄露主人公的消息，或者相反）
标示的成分可归入这类现象。但因为这些功能项对开场来说很重
要，于是它们就具有了独立的功能项的性质。

通报会出现在极其不同的功能项之间。有几个例子。被劫的公主派一条狗去给父母送信，告诉说科热米亚卡能救她（将遭受危害与主人公的派遣联结了起来，即联结 A 与 B）。国王从这里认识了主人公。关于主人公的类似信息还会被渲染上某种感情色彩。有一种特殊形式是嫉妒者的谗言（"会吹牛皮"等），随后出现了对主人公的派遣。在另外一些情况下（192）主人公的确自夸力大无比。在某些情况下抱怨也起着这样的作用。

有时类似的通报带有对话的性质。故事形成了一系列这种对话的典范形式。要让赠予者转交他的神奇的赠物，他应该知道已经发生的事，由此便有了老妖婆与伊万的对话。相助者在出发之前应该知道有灾难发生也是完全一样的情形，由此便有了伊万与他的马或者其他相助者的典型的对话。

无论所征引的这些例子多么五花八门，它们都被一个共同的标志联结在一起：都是一个故事人物从另一个人物那里知道了什么，于是前一个功能项与后一个功能项以此联结起来。

一方面，如果说为了开始行动，故事里的人物应该知道点什么的话（告知、偷听谈话、声音信号、抱怨、诋毁等），那么从另一方面说，他们出场履行功能常常是因为他们见到了什么。这就形成了第二种衔接类型。

伊万在国王宫殿的对面造起了一座宫殿。国王看见了，知道了这是伊万。随后是他的女儿与伊万举行婚礼。有时在这些情形和其他情形下使用了望远镜。在另外一些功能项中，像千里眼、顺风耳这些人物发挥的也是类似的作用。

但如果所需要的东西很小，或者离得太远，那就要采用其他的联系方法。东西被送到，用与此相应的方式给应送的人。老头子给国王送来了一只鸟（126），老人给国王送来了皇冠（127），射手给国王送来了一根火焰鸟的羽毛（169），老太婆给国王送来了一块麻布，等等。以这种方式将极其五花八门的功能项联结在了一起。在关于火焰鸟的故事里，伊万被送到了国王面前。别的用法也是一样，我们在第145号故事里看到的是，父亲将自己的儿子送到了国王那里。在后一种情形中联结的不是两个功能项，而是初始情境与派遣：国王还未婚，来了七个能人，他派他们去给他寻找未婚妻。

与此关系相近的是主人公的到来，例如来到被假冒主人公所胁迫的未婚妻的婚礼上。以此联结骗子或假冒主人公的非分之想（Φ）与指出真正的主人公（у）。不过这些功能项的联结更为鲜明。所有的乞丐被邀请来过节，其中包括主人公等。大张宴席同样是为了联结Р（解答难题）与у（认出主人公）。主人公解答出了公主的难题，可谁都不知道他在哪儿。举行盛宴，公主走到每个客人面前，接下来是认出。公主用这样的方法揭露了假冒主人公。宣告进行阅兵，公主检视队列，认出了骗子。举行盛宴可以不被作为一个功能项，它是联结假冒主人公的非分之想（Φ）或Р（解答难题）与у（认出主人公）的辅助成分。

这里所列举的五六个变体既不系统也不是穷尽式的。不过对于我们的目标来说暂时没有那样做的必要。我们用符号§来表示用于联结功能项的成分。

B. 伴随着三重化的辅助成分

我们在各种三重化中可以看到类似的联结成分。三重化本身在学术文献中已经做过足够的阐述，此处可以不必去探讨这个现象。我们只是指出三重化既可以作为点缀性的单个细节（蛇妖的三个脑袋），也可以作为单个的功能项、成对的功能项（追捕—获救）、成组的功能项以及整个回合。重复可以或者是同等的（三个难题，三年服役），或者是递增性的（第三个难题是最难的，第三场战斗是最可怕的），或者两次是负面的结果，一次是正面的。

有时行动只是机械地重复；而有时为避免行动进一步展开，又需要引入某些中断发展并导致重复的成分。

让我们来举出两三个例子吧。

伊万从父亲那里得到了一根大木棒，或一根拐杖，或一条链子。他两次抛出木棒或扯断链子。大木棒在落回地面时折断了。又弄了一根新的大木棒，直到第三根才中用。试用宝物不能作为一个独立的功能项，它只是用来说明宝物获得三次的缘由。

伊万遇到了老太婆（老妖婆、姑娘），她让他去她姐姐那儿。一个小线团为他指出从一个姐姐到另一个姐姐那儿的路，在去找第三个姐姐时依然如前。在这种情形中，小线团引路不是功能项 R（引路）。小线团只是导引着主人公从一个赠予者去另一个赠予者那里，这是赠予者形象的三重化所决定的。很可能小线团是该角色所特有的。与此同时，小线团还将主人公引向他的目的地，那样出现在我们面前的就是通过 R 来表示的功能项了。

让我们来看看另一个例子。要想重复追缉，对头就应该除掉主人公给他设置的障碍。巫婆在树林中啃出一条路来，于是开始了第二轮追捕。这次啃出道路不会被认为是上述三十一个功能项中的任何一个。这是引发三重化的成分，是将第一轮与第二轮或第二轮与第三轮联结起来的成分。与此同时我们还看到有一种形式，就是巫婆干脆去啃咬伊万藏身其上的那棵橡树。在这里辅助成分是独立使用的。

同理，如果伊万充当厨子或马夫打败了第一个蛇妖，然后又回到了厨房，那么这个返回并不意味着功能项↓（返回），在这里返回只是将第一场战斗与第二场、第三场联结起来。但是，如果伊万在第三次战斗之后救出了公主，那时他返回家园，则我们看到的就确实是功能项↓（返回）了。

C. 缘由

所谓缘由既指原因，也指引发人物这种或那种行为的目的。缘由有时会赋予故事以十分独特、鲜明的色彩，但是它们依然属于故事中最不固定和最不稳定的成分。此外，它们是不如功能项和联结成分那么清晰确定的成分。

故事中间部分人物的大部分行为自然可以用情节来说明，只有作为故事第一个基本功能项的加害行为需要补充点缘由。

这里可以观察到的是，完全相同或者十分类似的行为有着各种各样的起因。被驱逐和被投水的缘由有：后母的仇视，兄弟间的遗产纷争、嫉妒，害怕竞争（商人伊万），不般配的婚姻（农夫之子伊万与公主），对夫妻不忠的猜疑，关于当着父母羞辱儿子的神启。在所有这些情形中，驱逐起因于加害者的贪婪、恶毒、嫉妒、多疑的品性。但驱逐也可以是起因于被驱逐者的恶劣品行，这样的驱逐带上了一定的合法性。儿子或孙子淘气或者惹祸（扯断过路人的胳膊腿），百姓们怨声载道（抱怨——§），爷爷赶走了孙子。

被驱逐者的行为尽管也是行动，但扯断胳膊腿不会被看作情节的一个功能项。这是主人公在驱逐母题的行为中表现出的品行。

我们发现，故事里的蛇妖以及许许多多其他加害者的行动毫无来由。当然，蛇妖窃取公主是根据一定的母题（为了强制成婚或吃掉她），但故事对此避而不谈。有根据认为，故事原本并非一定都得有用语言说出来的缘由，缘由一般来说大抵可以认为是新派生出来的东西。

在那些没有加害的故事里，与之对应的是功能项a（缺失），第一个功能项是B（派遣）。可以观察到，伴随缺失的派遣同样有各种起因。

初始的欠缺或缺失是一种情境。可以想象，在行动开始之前它已经存在多年了。但是派遣者或寻找者突然明白缺少点什么的时刻降临了，这个时刻属于引发派遣（B），或者直接引发寻找（C↑）的缘由范围。

缺失被意识到可通过下列方式发生：缺失的对象自己无意中走漏消息，瞬间闪现，留下某种鲜明的痕迹，或者通过某种反射

（画像、讲述）出现在主人公眼前。主人公（或者是派遣者）失去内心平衡，为那昙花一现的美丽所煎熬，所有行动于是由此而展开。火焰鸟和它留下的羽毛是一个典型的好例子。"这根羽毛如此奇妙灿烂，如果将它带到一间黑屋子里，它就会大放光芒，似乎在这个房间燃起了无数蜡烛。"[1]138号故事也是以类似的方式开头的。故事里是国王梦见了一匹骏马。这匹马"浑身上下银光闪闪，额头上闪耀着一轮月亮"。国王便派人去寻马。对于公主来说，这个成分可以具有另一种情调。主人公看见了驾车走过的叶莲娜："天地间一下子照得通亮——空中飞过一辆由六条喷火的蛇妖拉的金马车，马车上坐着绝顶聪明的叶莲娜公主——她别提有多漂亮了，那是你想也想不到，猜也猜不着，故事里也讲不出的。她走下金马车，坐到金子做的宝座上，接着开始召唤鸽子排着队到跟前来，教它们学各种智谋。教完之后，她又跳上马车一下子就不见了。"（236）。于是，主人公爱上了叶莲娜。可以列入这里的例子还有：主人公在禁入的下屋里看到了一幅绝色美女的画像，就没命地爱上了她，等等。

接下去我们看到，缺失通过中介人物被意识到，他们使伊万注意到他缺某种东西。最常见的中介人物是父母，他们认为儿子该找媳妇了。类似以下这样的关于绝色美女的讲述就起到了这个作用："唉，伊万王子呀，我算哪门子美女啊？在那个远在天边的国

---

[1] 遗憾的是，在我们的材料中没有完全类似意识到缺少公主的例子。我们还记得燕子衔给国王玛尔卡的伊索尔达的一根金发。非洲故事中在海上漂来的一根奇香的头发也具有同样的意义。一个古希腊故事里是鹰给国王送来了美貌艺妓的一只鞋子。

家里住着蛇王的公主，那才真叫美得没法说。"（161）这一类的讲述（关于公主、勇士、奇妙之物等）引发了寻找。

有时缺失可以是臆想出来的。恶毒的姐姐或母亲、恶毒的主人、恶毒的国王让伊万去找这种或那种稀奇古怪的东西，那东西他们根本用不着，无非是摆脱伊万的借口而已。商人是因为害怕他的力量而把他打发走，国王是为了得到他的妻子，恶毒的姐妹们是由于蛇妖的诱惑。类似的支使有时起因于臆想的疾病。在这些情形下没有直接的加害，出发从逻辑上（而不是形态上）可以替代它。恶毒的姐姐背后是蛇妖，支使者一般都会遭到其他故事里加害者所遭受的惩罚。我们会发现，怀着敌意的支使与友善的支使展开得完全一样。伊万之所以出发去寻找奇异之物，是因为恶毒的姐姐或恶毒的国王想害死他，或者是因为他父亲患病，或者是因为他父亲梦见了这个奇异之物。——这一切对构成情节，即对我们下面将要看到的寻找本身不发生影响。总体上可以说，角色的情感和意图在任何情况下都不会反映在情节中。

意识到缺失的方法有很多。羡慕、贫穷（用于合理化的形式）、主人公的骁勇和力气——还有许多其他的东西都会引发寻找，甚至想有个孩子的愿望都会创造出一个独立的回合（主人公被打发去寻找治不孕的药）。这个例子非常有意思。它显示出任何一个故事成分（在这个例子中是国王膝下无子）似乎都可以滋生出行动来，都可以变为独立的讲述，都可以引发它。但是，像所有有生命的东西一样，故事所产生的也只是同它类似的东西。如果故事有机体的某个细胞成为故事里的小故事，它就会像下面将要看到的那样，按照所有神奇故事的规律来构成。

缺点什么的感觉也常常毫无来由。国王叫来他的孩子们说：
"给我干点事情吧。"以及诸如此类的话，然后就派他们去寻找东
西了。

第六章

◆

根据角色排列功能项

尽管我们研究的只是多个功能项本身，而不是它们的实现者，不是实现者所控制的对象，然而还是应该仔细分析一下功能项如何根据角色排列的问题。

　　在详细回答这个问题之前，应该指出的是，许多功能项是从逻辑上按照一定的范围联结起来的。这些范围整体上与完成者相对应，这就是行动圈。故事有以下几个行动圈：

　　1. 对头（加害者）的行动圈。它包括：加害行为（A），作战或与主人公争斗的其他形式（Б），追捕（Пр）。

　　2. 赠予者（提供者）的行动圈。它包括：准备转交宝物（Д），将宝物提供给主人公（Z）。

　　3. 相助者的行动圈。它包括：主人公的空间移动（R），消除灾难或缺失（Л），从追捕中救出（Сп），解答难题（Р），主人公摇身一变（Т）。

　　4. 公主（要找的人物）及其父王的行动圈。它包括：出难题

（3），打印记（K），揭露（O），认出（У），惩罚第二个加害者
（H），婚礼（C*），公主与其父王无法按照功能精确地截然分清界
限。出难题作为一项由对求婚者的敌对态度引出的行动，最常见的
是由父亲执行，父亲经常会惩罚或下令惩罚假冒的主人公。

5. 派遣者的行动圈，包括的只有派遣（承上启下的环节，B）。

6. 主人公的行动圈。动身去寻找（C↑），对赠予者要求的反
应（Γ），婚礼（C*）。第一个功能项（C↑）对于充当寻找者的主
人公是典型的，作为牺牲者的主人公要完成的只是其余的事情了。

7. 假冒主人公的行动圈，也包括动身去寻找（C↑），对赠予
者要求的反应——总是负面的（Γ_neg），还有，作为一个专门的功能
项——欺骗性的图谋（Φ）。

这样说来，故事有七种角色。铺垫部分的功能项就按这些人
物来排列（e，б—b，в—ω，r—g），但这里的排列是不平衡的，
因而根据这些功能无法给人物下定义。此外，还有一些专门起衔接
作用的人物（告状者、告密者、诽谤者），以及专门用于功能项 ω
的叛变者（走漏消息：小镜子、凿子、扫帚指出要找的牺牲品在哪
里），像独眼怪、两眼怪、三眼怪这类人物都可以归入这里。

关于功能项的排列问题或许可以在关于按照行动圈人物进行
排列的问题范围内做出解答。

如何按照单个的故事人物排列上述几个圈子？这里可能会有
三种情形：

1. 行动圈与人物准确对应。考验并奖赏主人公的老妖婆、请求
怜悯并且向伊万转交赠物的动物们——这是纯粹的赠予者。将伊万

送到公主身边、帮他把公主窃取到手、解答难题、将他从追捕中救出的马等等，是纯粹的相助者。

2. **一个人物兼涉几个行动圈**。铁汉请伊万将他从塔里放出来，然后赠给伊万力气并给了他一块能自动摆上食物的桌布，最后帮他杀死蛇妖——铁汉既是赠予者，又是相助者。对感恩的动物需要进行特别的分析。它们以作为赠予者始（请求帮助或请求怜悯），然后它们让自己供主人公驱使并成为主人公的相助者。有时还有这样的情况：被主人公解救或怜悯过的动物销声匿迹，连召唤它的咒语也没告诉主人公，但在危急关头它作为相助者出现。它直接以行动来报答。例如，它会帮主人公迁往另一个国度，或者给他弄来他所寻找的东西，等等。这类情形可以标为 $Z^9=R$，$Z^9=Л$，等等。

同样需要进行特别分析的还有老妖婆（或是别的住在林中小木屋里的人物），她同伊万打了一架，可随后逃跑了，以此给伊万指点去另一个世界的道路。指路——这是相助者的功能，而老妖婆在这里扮演了无意的（甚至是违背意愿的）相助者。她开始是作为怀有敌意的赠予者，而后来却成了无意中的相助者。

还有另外几种重合的情形：放儿子出门并给了他一根大木棒的父亲，同时身兼派遣者和赠予者。金宫、银宫、铜宫里的三位姑娘把神奇的指环赠给了伊万，后来又嫁给了他，是赠予者兼公主。偷了男孩把他放在了炉灶里的老妖婆，后来又被男孩偷了个精光（盗走了她的魔巾），她兼备了加害者和赠予者（是无心的、怀有敌意的）的功能。如此一来，我们再次碰上了这种现象，即人物意志、意图对于其定义来说不被作为是本质性的母题。重要的不是他们想做什么，不是他们身上洋溢的情感，而是从其对主人公以及对情节过程的意义的角度来评价和界定他们的行为本身。在研究缘由时，此处便得出了这样一幅图画：派遣者的感情，是怀有敌意也好，是怀有善意也好，还是不偏不倚也好，对行动过程都没有影响。

3. 相反的情形：一个行动圈分布在几个人物身上。例如，如果蛇妖在作战中被杀，它就无法去追捕。追捕就要引入专门的人物：蛇妖的妻子、女儿、姐妹、岳母、母亲——它的女性亲属。考验主人公，主人公对考验的反应，主人公得到的奖赏（ДГZ），这几个成分有时也分布在几个人的身上，尽管这种分布在艺术上常常很失败。受考验的是一个人，而偶然得到奖赏的是另一个人。我们在上文已经看到，公主的功能分布在她和父亲之间。但这个现象最常见的还是关涉到相助者。在此首先应该研究一下宝物与神奇的相助者之间的关系。我们来比较一下下列情形：a. 伊万得到了一块飞毯，坐在上面飞到了公主身边或回到家里；b. 伊万得到一匹马，骑着它飞到了公主身边或回到家里。由此可见，物品是作为有生命的东西来行动的。大木棒正是自己去横扫敌人，自己去惩罚小偷。我们来接着比较：a. 伊万获赠一只鹰，让它驮着飞走了；b. 伊万获赠变成雄鹰的本领，化作一只雄鹰飞走了。另一个对比是：a. 伊万得到一匹能撒（屙）金子的马，它把伊万变成了富人；b. 伊万吃了鸟的内脏，因而获得了吐金子的本领，变成了富人。由这两类例子可以见出，一种特性是作为有生命的东西在发挥作用。这样说来，从建立在角色功能之上的形态学的角度看，有生命的东西、物品和特性，应该被看作具有同等意义的因素。不过，把有生命的东西称作神奇的相助者、把物品和特性称作宝物比较方便，尽管它们作用相同。

然而，这种同一要受到某种限制。可以确定相助者的三个范畴。1. 全能的相助者，能完成（一定形式的）相助者所有的五项功能。在我们的材料中这样的相助者只有马。2. 部分的相助者，能完成几项功能，但据全部资料，它们没有完成所有的五项功能。可以归入此列的有除了马之外的各种动物、从指环中现身的精灵、各种能手等。3. 只完成一项功能的专门的相助者。可以归入此列的只有物品了。例如，小线团用来引路，自动挥舞的宝剑用来战胜敌人，自动弹奏的古斯里琴则是用来解答公主的难题，等等。由此可见，宝物不过是神奇的相助者的特殊形式而已。

还应该顺便提一下，主人公时常没有任何相助者也能应付，他似乎是自己的相助者。但假如我们能研究一下本质属性，就可以看出：在这些情形中，转移到主人公身上的不仅是相助者的功能，还有相助者的本质属性。相助者最重要的本质属性之一，就是其未卜先知的智慧：未卜先知的马、能预言的妻子、聪明的男孩等。在没有相助者的情况下，这种特性就转移到了主人公的身上，出现了未卜先知的主人公形象。

反之，相助者有时会完成主人公专有的功能。除了同意进行对抗（C）之外，对主人公来说专有的就只有对赠予者行动的反应了。但在这样的地方相助者常常替主人公出动。老鼠们跟熊玩捉迷藏赢了它，感恩的动物替主人公完成老妖婆的难题（159，160）。

第七章

◆

新角色进入行动过程的几种方式

人物的每一个范畴都有其出场形式，人物进入行动过程的一些特殊方法也与其范畴相适应。

　　这些形式如下：

　　对头（加害者）在行动过程中出场了两次。第一次他是突然出现的，从其他地方（飞来、从天而降等），但随后就消失了。第二次他是作为被寻找到的人物进入故事，一般是有人引路。

　　赠予者是偶然相遇，最常见的是在林中（小木屋），或者是在野外、在路上、在街头。

　　神奇的相助者是作为礼物被引入。这个因素用符号 Z 来表示，可能会有的变异上文已经引述过。

　　派遣者、主人公、假冒主人公，还有公主都被纳入初始情境中。在初始情境中列举角色时，有时会只字不提假冒主人公，而只是到了最后才弄清他就生活在宫廷里或是住在家里。公主与加害者类似，在故事里出场了两次。第二次她是作为被寻找的人物引入

的，不过寻找者可以或者是先看见她，后看见加害者（蛇妖不在
家，与公主的对话），或者反过来。

这种排列可以认为是故事的规范，但也有一些违反的时候。
如果故事里没有赠予者，那么他出场的形式就转移到了下一个人
物身上——这个人物就是相助者。例如，主人公偶然碰到了各类能
手，这通常正是发生在赠予者身上的。如果一个人物覆盖两个功能
项的范围，他就以他开始行动的那些形式被引入。聪明的妻子先是
以赠予者的身份出现，然后作为相助者和公主出现，那她就是作为
赠予者而不是相助者或公主被引入。

另一种违规是所有人物都可以通过初始情境被引入。这个形
式很特殊，如曾经指出过的，它只用于主人公、派遣者和公主。可
以看到初始情境的两种基本形式：引入寻找者和他的家庭（父亲与
三个儿子）的情境，以及引入加害者的加害对象及其家庭（国王的
三个女儿）的情境。有几个故事这两种情境兼备。如果故事始于缺
失，那就需要有寻找者（有时是派遣者）的情境。这些情境可以汇
合在一起。但因为初始情境总是需要一个家庭的几个成员，那么寻
找者和被寻找者就由伊万和公主变成了兄弟姐妹、儿子们和母亲。
这样的情境引入的既有寻找者，也有加害者的加害对象。可以看
到，在这类故事中公主是迟些时候被引入的。伊万去寻找他那被科
谢依劫走的母亲，找到了也是被科谢依劫来的国王的女儿。

有几个这类情境要做点扼要的分析。寻找者起初不在场。他
出生了，一般是以奇异的方式。主人公的奇异诞生——这是颇为重
要的故事成分。这是主人公出场的方式之一，它被引入初始情境

中。诞生通常都伴以对他命运的预言。在开场之前透露出未来主人公的标志，讲到他的飞速生长、他胜过兄弟们之处。有时又相反，伊万是个傻子。主人公所有这些标志我们都可以进行研究。其中有一些标志是在行为中（争第一）表现出来的。但这些行为不构成情节中的功能项。

我们还要顺便提一下，初始情境常常会提供一幅特别的画面，有时是刻意表现出的幸福，有时是绚丽多彩的形式，这种幸福是为了给紧接着的灾难提供形成鲜明对照的背景。

故事有时会给这一情境引入赠予者、相助者以及对头加害者。需要特别做一点分析的只是那些引入了加害者的情境。因为情境总是需要家庭内部的成员，那么被引入初始情境的加害者就变成了主人公的亲属，尽管他在标志上明明与蛇妖、巫婆之类相符合。第93号故事里的巫婆（巫婆和太阳姐妹）就是典型的母蛇妖。但在将她转移到初始情境中的时候，她就成了主人公的姐妹。

还应该提到的有一般是重复性回合的第二个情境。这类第二个回合也同样始于一定的情境。如果伊万得到了未婚妻和宝物，而公主（有时已经嫁给伊万为妻了）后来盗走了这个宝物，那么我们看到的情境就是：加害者＋寻找者＋将要寻找的对象。这样一来，第二个回合中的加害者常常在初始情境中就出现了。同一个人物在一个回合中扮演一个角色，在第二个回合中扮演的是另一个角色（鬼在第一个回合里是相助者，到了第二个回合里就是加害者了，诸如此类）。所有后来在第二个回合里出场的人物，第一个回合里已经存在了，已经为听众或读者所熟悉了，相应范畴人物的新登场已经没必要。不过，有时候到第二个回合时讲故事的人忘了，比如说，忘了第一个回合里的相助者，于是又让主人公再次去弄到它。

引入后母的情境还需要特别提一下。后母或者一开始就存在，或者是说到老汉的发妻去世了，他又再娶。老汉的再婚将加害者引入故事，再婚后生的女儿们也会成为加害者或假冒主人公。

所有这些问题都可以进行更细致的研究。但对于我们的一般形态学的目的而言，指出这些已经足够了。

第 八 章

◆

关 于 角 色 标 志 及 其 意 义

关于形式的学说即关于转化的学说。

——歌德

根据功能所做的人物研究、根据范畴对其所做的排列以及对于人物的出场形式的研究，自然而然会引向一般性的故事人物问题。上面我们已经将故事里谁在行动的问题与行动本身的问题做了截然的划分。角色的名称和标志是故事的可变因素。我们所说的标志指的是人物所有外部特点的总和：他们的年龄、性别、状况、外貌及外貌的特征等。这些标志赋予故事以鲜明的色彩、美和魅力。当人们说起故事，自然首先就会想到有小木屋的老妖婆、多头蛇妖、伊万王子和美丽的公主、神飞马以及其他许多东西。但是，正如我们已经看到的，在故事里一个人物很容易被另一个替换。这些替换有时有着十分复杂的原因。现实生活本身在创造着能取代故事人物的新的鲜明形象，发挥着影响的有当下的历史现实，相邻民族的叙事文学，还有书面文学和宗教——宗教既包括基督教的影响，也有土生土长的迷信。故事在其内核中保留着最古老的多神教、古代风习和仪式的痕迹。故事渐渐地发生着质变，而故事的这些衍化、质变同样服从于一定的规律。所有这些过程造成了极难理出头绪的多样性。

然而，这样的研究还是可能的。诸功能项保持着稳定，而这一点使得那些聚集在功能项周围的成分得以进入一个系统。

这个系统究竟是怎样创造出来的呢？

最好的方法就是编制图表。维谢洛夫斯基就曾谈起过将故事图表化，尽管他并不是很相信它的可能性。

这样的图表被我们编制出来了。我们不可能领着读者进入这些图表的所有细节，虽说它们并不太复杂。对故事人物标志的研究只创制出下面三个基本栏目：外貌和名称表，出场特点，居住处。再增补一系列其他更为琐细的辅助成分于其中，例如，老妖婆的典型特点是：她的名称，她的外貌（长着白骨脚、鼻子顶到天花板等等），她的会旋转的鸡足小木屋，还有她出场的方式：坐在臼里呼啸着飞来。如果人物是从功能的角度定义，比如说，作为赠予者、相助者等，将谈及该类人物的一切录入栏目，那就会得出一幅极为有趣的图画。一个栏目的全部材料，可以通过全部故事材料进行完全独立的分析研究。尽管这些因素是可变因素，但在这里可以看到有很高的重复率。最常重复、最突出的形式就是某种故事定律。这一定律是可以分离出来的，不过，一般来说应该先确定如何区分基本形式和派生的、他律的形式。有国际的定律，有印度、阿拉伯、俄罗斯、德国所专有的民族的形式；有地方的形式：北方的，诺夫格罗德的，彼尔姆的，西伯利亚的，等等；最后，还有按照一定的社会范畴分类的形式：士兵的、雇农的、半城半乡的。接下去还会看到，通常在这个栏目里碰到的成分，突然又在全然是另外一个栏目里碰到了：我们面对的是形式的移置。比如说，蛇妖就可以扮演谋士兼赠予者的角色。此类移置对故事的形成起着巨大的作用，而且一旦形成又会生出新的情节，尽管它们脱胎于旧情节，是某种衍化、某种质变的结果。移置并非衍化的唯一形式。当我们将每个栏目中的材料组合起来，就可以确定衍化的所有方式，或者说得更准确些，可以确定衍化的所有形式。我们不打算去仔细分析衍化的诸种形式，因为那会让我们离题太远。对衍化将另作单独的研究。[1]

但编制图表和研究角色的标志，以及对可变因素的研究，总结起来令人可以再做另外一件事。我们已经知道，故事是建立在相同的功能之上的。受制于衍化规律的不仅有标志成分，而且还有诸功能项，尽管这一点鲜为人知并且研究起来要困难得多（被我们视为最基本的那些形式，在目录里都被放在第一位）。如果对这个问题进行专门的研究，那就不仅可以像我们已经做的那样概括地建构出神奇故事的元形式，而且可以具体地建构。对单个情节早就这样做了。如果摒弃所有地域性的、派生的东西，只留下基本的形式，我们便得到了那个故事，相对它而言，所有的神奇故事都是异文。

1　普罗普于1928年发表了《神奇故事的衍化》一文，专门讨论神奇故事的衍化问题。此文先后收入文集《民间文学与现实》（1976）和文集《民间文学的诗学》（1998）。中译文见本书附录《神奇故事的衍化》。——译者注

我们在这方面所进行的探索将我们引向了这样的故事：蛇妖劫持了公主，伊万碰到了老妖婆，得到了一匹马，腾空而去，借助这匹马战胜了蛇妖，返回家园，遭遇母蛇妖的追捕，遇到了兄弟们，等等——一般神奇故事的基本形式。不过，要证明这一点只有借助于对故事变形、衍化的精确研究。从形式问题出发使我们最终走向情节与异文的问题和情节与结构的关系问题。

但对标志的研究还将引出另一个十分重要的结果。如果摘出每个栏目的基本形式并引向一个故事，那这样的故事就会揭示出它的基础是一些抽象的概念。

让我们用一个例子来阐明我们的思想。如果将赠予者的所有难题摘出放入一个栏目，那就可以见出这些难题无一偶然。从民间故事本身的角度来看，这些难题不过就是叙事延缓法的手段之一：给主人公设置障碍，为了克服障碍，主人公把帮助他达到目的的宝物弄到了手。从这个角度看，难题本身是什么无关紧要，许多这类难题的确应该只是作为某种艺术结构的组成部分来进行研究。但从难题的基本形式可以看出，它们具有特殊的隐藏着的目的。老妖婆或其他赠予者到底想从主人公身上了解什么，她想从他那里得到什么——这个问题只许有唯一的解答，而对它的回答则是以抽象的程式表达出来的。其实正是另一个这类程式说明了公主的难题。我们对诸个程式进行比较时就会看到，它们是环环相生的。将这些程式与其他研究过的标志成分进行对比，我们就会在故事的逻辑层面上意外地获得一条首尾相连的故事链，如艺术层面上的一样。伊万躺在火炕上（国际性的特征，绝不是俄罗斯的），他与已故双亲的联系，禁令的内容及破禁，赠予者的哨卡（基本形式是老妖婆的小木屋），甚至还有像公主的金发这样的细节（在全世界传播的特征），都获得了十分特殊的意义并可以进行研究。对标志的研究提供了科学地诠释故事的可能性。从历史的角度看，这意味着神奇故事据其形态学基础而言就是神话。这一思想会遭到神话学派拥护者的痛斥。然而它也拥有像文特那样的强有力的拥护者，如今我们是通过形态分析的途径接近了它。

不过，所有这一切都是以假设的形式说出的。这个领域的形态分析还应该同历史研究联系起来，虽说它暂时还不能纳入我们的任务里。此外应该联系宗教观念来研究故事。

这样一来就可以看到，我们只是初步涉及的角色标志研究是何等重要。按照角色的标志来对其做出准确的排列，这不是我们的任务。说加害者可以是蛇妖、巫婆、老妖婆、强盗、商人、恶公主等，而赠予者可以是老妖婆、老太婆、村婆子、林妖、熊等，是因为这似乎不值得简化为一个目录，这样的目录只有从更普遍问题的角度看才有意思的。这些问题大致可以归结为：这是衍化的规律以及在这些标志的基本形式中反映出来的抽象概念。我们也曾提出过一个体系和分析计划。[1] 但既然所提出的普遍问题需要专门的研究，而且在我们这篇简短的概论中不可能解决，那么一个简单的目录就失去了普遍意义，并且会变成一张专家迫切需要但却不会引起广泛兴趣的枯燥的清单。

1　参见附录《用于故事符号记录的材料》。

·

第九章

故 事 作 为 一 个 整 体

物种会成为世界上最令人惊异的东西。自然界本身会令人羡慕。借助这一模型和打开它的锁钥，能够发明出无穷无尽的植物，它们应该是有序的，即尽管它们现在不存在，但却是可能存在的。它们不是某种富有诗情画意的幻影或幻觉，而是具有内在的真实和必然性的东西。这一规律适用于所有生物。

——歌德

A. 多个叙述的结合方式

　　指出了故事的主要成分并对若干附加因素也做了阐释之后，现在可以着手将任何一个文本分解为其组成部分了。

　　这里首先会产生一个问题—— 故事指的是什么。

　　从形态学的角度说，任何一个始于加害行为（A）或缺失

（a），经过中间的一些功能项之后终结于婚礼（C·）或其他作为结局的功能项的过程，都可以称之为神奇故事。结尾的功能项有时是奖赏（Z）、获得所寻之物或者就是消除灾难（Л）、从追捕中获救（Cп）等。这样的过程我们称之为一个回合。每一次遭受新的加害或损失，每一个新的缺失，都创造出一个新的回合。一个故事里可以有几个回合，因而在分析文本时首先应该确定它是由几个回合构成的。一个回合可以紧接着另一个回合，但它们也可以交织在一起，刚开的头暂且打住，加进来一个新的回合。划分回合并非易事，但相当准确的划分还是可能的。不过，要是我们假定一个故事就是一个回合，那这并不意味着回合的数量与故事的数量会一一对应。平行、重复等特例导致一个故事可以由几个回合构成。

因此，在解答如何区分包含一个故事的文本与包含两个甚至更多故事的文本之前，让我们来看看，不管文本中有几个故事，回合之间是以怎样的方式结合的。

回合间的结合可能有如下方式：

1. 一个回合紧跟着另一个回合。这类结合的典范图示是：

I A | _____ | C·

II   A | _____ | c^2

2. 新的回合在第一个回合结束之前降临。行动被一个片段的回合打断，在片段结束后才降临第一个回合的结局。

Ⅰ A | _____ | R ·············· Л | _____ | C·

a | _____ | Л

3. 片段本身也被打断，那时就会得出颇为复杂的图示：

Ⅰ | _____ | ········· | _____ | ········· | _____ |

Ⅱ | _____ | ·········· | _____ |

Ⅲ | _____ |

4. 故事可以从一下子降临两个危害开始，可能先彻底消除一个，然后再消除第二个。如果主人公被害，而且他的宝物也被窃取了，那就先解决杀害问题，然后再解决窃取问题。

A_2^{14} $\begin{cases} Ⅰ & | _____ | \\ Ⅱ ············· & | _____ | \end{cases}$

5. 两个回合可以有一个共同的结尾。

Ⅰ | _____ | ····················

                     | _____ |

Ⅱ | _____ |

6. 有时一个故事里有两个寻找者（参见第155号故事，士兵的儿子两个伊万）。在第一个回合的中间主人公们分手了，他们一般是在写着预言的路标旁分手。这个路标就是使之分离的成分（路标旁的分手用符号 < 表示。不过，有时路标只是个普通的点缀而已）。分手时主人公们常常互赠一个物件——发信号之物（小刀、镜子、手巾，互赠发信号之物用符号 S 表示）。这类故事的图示是：

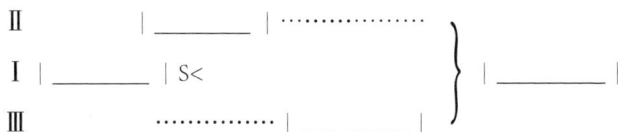

```
Ⅱ              | _____ | ·················
Ⅰ  | _____ | S<                       }  | _____ |
Ⅲ              ············· | _____ |
```

回合之间最主要的结合方式就是这些。

试问：究竟要在怎样的条件下才是几个回合组成一个故事呢？何时我们面对的是两个甚至更多故事？在此首先要说明的是：回合间的结合方式对此没有影响。没有十分精确的标志，但可以指出几种较为明显的情形。

我们在以下情形中看到的是一个故事：

1. 如果整个故事由一个回合构成。

2. 如果故事由两个回合构成，其中一个是正面的结尾，另一个是反面的结尾。举例来说：回合一是后母要赶走继女，父亲将她送走，她带着礼物归来；回合二是后母让亲生女儿去，父亲将她们送走，她们受了惩罚归来。

3. 当整个回合三重化时，蛇妖劫持了姑娘。回合一和回合二是兄弟们轮流出发去寻找她，都被困在外。回合三是小弟弟出发救出了姑娘和哥哥们。

4. 如果在第一个回合中就获得了宝物，到了第二个回合才使用它。举例来说：回合一是兄弟们出发去为自己弄马，他们弄到了，回了家；回合二是蛇妖威胁公主，兄弟们出发了，靠马的帮助他们达到了目的。——显然，这里发生的是以下事件：获得宝物，通常是放在故事中间的，在这个例子中前移了，代替了主要的开场部分（蛇妖的威胁）。并无来由（兄弟们突然就想有匹马），但引发了寻找（即第一个回合）的对缺失的意识，先于获得宝物。

5. 如果在彻底消除灾难之前突然感到某种缺乏或不足，引发了新的寻找，即新的回合，但不是新的故事，那我们看到的也是一个故事。在这些情形下需要新的马，需要蛋——科谢依的命根子以及诸如此类的东西，为新的发展提供了开端，但开头的发展暂时中断。

6. 在那种一开场就一下子有两种加害行为（驱逐继女并且对她施魔法之类）的情形中，我们看到的也是一个故事。

7. 在一些文本里，第一个回合包含了与蛇妖交锋；而第二个回合始于到手的东西被兄弟们窃取，主人公被扔进深渊，等等；然后应该是假冒主人公的非分之想（Φ）和难题。这样的情形我们也把它看成是一个故事。在列举所有功能项时，这样的展开在我们面前得到阐明。这是故事的最充分和最完整的形式。

8. 主人公们在路标旁分手的那些故事也可以认为是完整的故事。不过，必须指出的是，每个兄弟的命运都可以是一个完全独立的故事，所以可能需要将这种情形从完整故事中除去。

在所有其他情形中都是两个或者更多的故事。在确定双重故事时，不要让那些很短小的回合把自己弄糊涂了。包含毁坏庄稼和宣战的回合都特别短。毁坏庄稼一般来说占据着有点特殊的地位，大多一下子就可以看出，毁坏庄稼的人物在第二个回合里比在第一个回合里起的作用大，他完全是由毁坏庄稼的方式引入的，例如，在105号故事里，偷吃草垛的母马后来成了赠予者（还可以比较第186号和187号故事）。在126号故事里以偷麦子的小鸟形象引入的青铜汉子，与125号故事里的庄稼汉类似（那只鸟就是那个笨老头），就是不可能按照人物出场形式的原则来划分故事，否则似乎可以说所有第一个回合只是做铺垫和为了引入下一个回合的人物。从理论上说偷庄稼和抓小偷——这完全是一个单独的故事。但这类回合大多让人觉得是插入性的。

B. 个案分析

明白如何将一个个回合进行切分，我们便可以将任何一个故事分解为几个组成部分。我们会记得，基本的组成部分是角色的功能。接下去是衔接成分，是缘由。角色的出场方式占有一个特殊的地位（蛇妖的飞临，见到老妖婆）。最后，是标志成分或者说点缀，像老妖婆的小木屋或她那用黏土捏的脚。这五类成分定义的已经不仅仅是故事的结构，而且从整体上给所有故事下了定义。

让我们完整地、逐字逐句地分解一个故事吧。我们选择了只有一个回合的、所有材料中最小的故事作为例子。比较复杂的故事的示范分析我们放在附录里了，因为它们主要对于专家来说是重要的。这个故事就是《天鹅》（113）。

有这么一对老夫妻；他们有一个女儿和一个年幼的儿子。[1]	1. 初始情境（i）。
"女儿呀，女儿呀"，妈妈说，"我们去干活啦，我们会给你带个面包圈，给你缝条花裙子，给你买条小手帕。不过，你得听话，看好你弟弟，别出家门"。[2]	2. 以许诺强化的禁令（6^1）。
大人们走了，[3] 可女儿把对她的叮嘱忘在了脑后，[4] 她把弟弟放在窗下的草地上，自己跑到外边玩去了。[5]	3. 长辈离家（e^1）。 4. 说明打破禁令的理由（Mot）。 5. 破禁（b^1）。
飞来了一群天鹅，它们抓起小男孩，驮在翅膀上飞走了。[6]	6. 加害（A^1）。
小姑娘回到家里，看到弟弟不见了。[7]	7. 通报灾难的遗迹（B^4）。
她大叫一声，东一头西一头地乱转——弟弟就是没了。她大声喊叫，眼泪哗哗地，哭诉着爹娘会怎么样惩罚她，——弟弟就是不应声。[8]	8. 详细说明；三重化的遗迹。
她跑到了空旷的田野里。[9]	9. 离家去寻找（C↑）。

天鹅在远处一闪就消失在黑黝黝的树林后面。天鹅早就有这坏名声，搞过很多偷孩子恶作剧。小姑娘猜出是天鹅带走了她弟弟，她立刻去追赶它们。[10]	10. 因为这个故事里没有通报灾难的派遣者，这个角色稍后转移到了窃取者身上，他一闪而过，通报了灾难的性质（衔接——§）。
她跑呀，跑呀，眼前出现了一个炉子。[11]	11. 考验者出现（其出现的经典形式是偶然相遇）[71, 73]*。
"炉子炉子告诉我，天鹅飞到哪里去了？""你吃一块我烤的黑麦馅饼我就告诉你。"[12]	12. 与考验者的对话（极简略）以及考验 $Д^1$[76, 78b]。
"哟，我们家不吃麦子做的东西。"[13]	13. 回答傲慢无礼＝主人公的否定性反应（没经住考验 $Г^1_{neg}$）。
（接着碰到了苹果树和小河。类似的提议和类似的傲慢回答。）[14]	14. 三重化。母题 $Д^1$—$Г^1_{neg}$再重复两次。三次都没有奖赏（Z^1_{neg}）。
于是她在田野里乱跑，在树林里乱转，幸亏碰到了一只刺猬。[15]	15. 感恩的相助者出现。
她想踢开它。[16]	16. 相助者不请求手下留情的无助状态（Z^1_{neg}）。
她怕被刺伤，[17]问道：	17. 留情（$Г^7$）。
"刺猬刺猬你看见了吗？天鹅飞到哪儿去了？"[18]	18. 对话（衔接成分——§）。

刺猬指点说："就朝那边飞走了。"[19]	19. 感恩的刺猬指路（$Z^9 = R^4$）。
她跑呀跑——出现了一座鸡足小木屋，屋子还在转动着。[20]	20. 对头－加害者的住所[92b]。
老妖婆待在小木屋里，一张瘦巴巴的脸，有一只黏土捏的脚。[21]	21. 对头的外表。
弟弟就坐在凳子上，[22]	22. 所寻找的人物出现了[98]。
他手里摆弄着几只金苹果。[23]	23. 金子——所寻找人物身上固有的细节之一。标志物[99]。
姐姐看见弟弟后，悄悄走过去，一把抓起他带着就跑了，[24, 25]	24. 运用计谋或力气达到目的（$Л^1$）。 25. 没有说出来，但意味着归来（↓）。
天鹅跟在后面飞着追上来；[26]这些坏蛋赶上来喊："往哪里跑？"	26. 飞着追捕（$Пp^1$）。
还是原来的那些人物再次让他们经受三次考验，但正面的回答使他们得到了帮助。小河、苹果树和别的树掩护了小姑娘。[27]故事以小姑娘回到家中结束。	27. 同样的考验再出现三次（$Д^1$），主人公这一次的反应是正面的（$Г^1$），考验者供主人公驱使（Z^9），从追捕中获救因此而得以实现（$Cп^4$）。

如果现在将这个故事的所有功能项记录下来，那么就会得出
以下图式：

$$i \textit{б}^1 e^1 b^1 A^1 B^4 C \uparrow \left\{ \frac{\mathcal{A}^1 \Gamma^1{}_{\text{neg}} Z^1{}_{\text{neg}}}{\partial^7 \Gamma^7 Z^9} \right\} R^4 \mathcal{\Pi}^1 \downarrow \mathcal{\Pi} p^1 [\mathcal{A}^1 \Gamma^1 Z^9 = Cn^4] \times 3$$

现在让我们想象一下，就用类似的方式对我们所掌握材料中
的所有故事进行一番分析，每个分析的结果就是记录下一个图式。
这会引出什么结论呢？首先应该说，一般而言，将整体分解成各个
组成部分对任何科学来说都是极为重要的。我们已经看到，对故事
来说，到目前为止还不曾有过一种方法能完全客观地做到这点。这
是第一个也是非常重要的一项结论。接下来：诸个图式可以相互对
照，那时候上文在绪论中所涉及的一系列问题就可以得到解答。我
们现在就来着手解答这些问题。

C. 分类法问题

前面已经描述过根据情节来对故事进行分类遭到的失败。

就让我们用得出的结论，根据结构标志进行分类吧。

这里必须区分两个问题：1. 将神奇故事类从其他类别中划分出
来；2. 神奇故事本身的分类。

神奇故事结构的稳定性令人可以给它下一个假定性的定义，
这个定义可以用以下方式表述：神奇故事就是那种建立在上述各类
功能项有序交替之上的叙述，对每个叙述而言会缺失其中几项，也
会有其他项的重复。——根据这样的定义**神奇**这个术语已经失去原

有的内涵，因为它很容易令人想成全然是另一种构成方式的仙境幻想神奇故事（可比较歌德关于蛇妖与百合花的故事、安徒生的一些故事、迦尔洵的故事等）。从另一方面看，一些为数不多的非神奇故事也可以按照上述图式构成。相当数量的传说、单一情节的动物故事和单一情节的短篇故事显示出具有这样的结构。如此一来，**神奇**这个术语就应该被其他术语代替了。找到这样的术语殊非易事，我们暂且先给这类故事保留旧称吧。它可能会因对其他种类故事的研究而改变，从而有可能创造出恰当的术语系统。神奇故事似可称呼那些归入七个人物公式的故事。这是个十分准确的术语，但用起来极不方便。如果是从历史的角度给这个故事种类下定义，那适合它们的就是现今已经弃置不用的名称"神话故事"。

当然，这种类别定义需要前期的分析。别指望任何一个文本的分析都能十分迅速轻巧地完成。常常会有这样的情形：在一个文本中不明确的成分，在可参照的类似文本或其他文本中清清楚楚。但要是没有可参照物——文本就不知所云了。正确分析一个故事并不总是容易做到的，这里需要相当熟练的技巧和习惯。在俄罗斯故事集子里的确有很多的故事很容易分解。但问题复杂之处在于结构单纯的故事只是农民所特有的，而且是很少接触文明的农民。任何间接影响都会改变，有时甚至会分解故事。我们只要一越出绝对原汁原味的故事的界限，麻烦就开始了。阿法纳西耶夫的集子在这方面是绝好的材料。但大体上也提供了同一图式的格林兄弟的故事，就显得不那么纯粹和稳定。无法预料所有的细节。还应该考虑到像故事内部因素的同化一样，还有整个体裁的同化和交叉的情况。那造成的就是有时十分复杂的混合体，我们的图式的各组成部分是作为一些片段进入其中。这里似还需要指出：一系列最古老的神话也显示出类似的结构，而且有些神话以极其纯粹的形式提供了这种结构形式。显然，这正是故事所发源的那个领域。从另一方面看，显示出这种结构的还有如某些骑士小说。大概这是本身从故事发源的领域吧。进一步的比较研究——那是未来的事情。

　　为了证明某些动物故事是以类似的方式构成的，让我们来分析一下狼和小羊的故事（53）。这个故事给了我们初始情境（大羊和小羊），长辈离家，禁令，对头（狼）的骗人劝说，破禁，家庭成员被劫走，告知灾难，寻找，杀死敌人。狼被杀死同时也是它受到惩罚。接着是被劫者被逆向得到和归来。故事给出的图式是：

$$6^1 \, e^1 \, A^1 \, B^4 \, C \uparrow \pi^4 \, Л^5 \downarrow$$

　　这样一来，运用结构标志，就可以绝对准确而客观地将该类别同其他类别区分开了。

　　接下去我们应该根据本质来划分故事了。为了提醒自己避免逻辑错误，我们要告诫自己，正确的分类可通过三种方式进行：1. 根据同一标志的不同变体（树木可分为阔叶类和针叶类）；2. 根据同一标志的有无（有脊椎类和无脊椎类）；3. 根据互相排斥的标志（哺乳动物中的偶蹄类和啮齿类）。在一种分类法的范围内方法可以按照类、体和变体或其他层级变换，但每一个层级要求方法的首尾一贯和形式划一。

　　如果现在来看看我们的诸个图式（参见附录《诸图式及其注释》），那么可以自问：根据互相排斥的标志进行分类是否可行呢？乍看起来这是不行的，因为任何一个功能项都不排斥别的功能项。但是，如果我们仔细观察一下的话，就会发现，有两对功能项极少在同一个回合中同时出现，甚至少到排斥会被认为是符合规律的，而放在一起则是打破规律（不过，就像我们下面将会看到的，这与我们关于故事同一类型性的论断并不矛盾）。这两对功能项是：与对头－加害者交锋和战胜他（Б—П）以及难题和对它的解答（З—Р）。第一对在一百个故事里出现过四十一次，第二对是三十三次，它们并存在同一个回合里有三次。接下去我们会看到，还有一些没有这些功能项而展开的回合。由此立刻就会形成四类：情节发展经过Б—П（交锋—战胜），情节发展经过З—Р（难题—解答），情节发展二者都经过，情节发展既无Б—П也无З—Р。

　　然而故事分类极其复杂之处在于许多故事是由几个回合构成的。现在我们谈论的是一个回合的故事。我们还会回到复杂故事上来的，暂且先继续对简单故事进行划分。

　　接下来的划分已经不可能根据纯粹的结构标志进行，因为互相排斥的只有З—Р和Б—П，其他功能项一个也没有。因而必须选出这样一个成分，这个成分对于所有的故事都是必须的，根据其不同变体进行划分。这种必须的成分只有功能项A（加害）或a（缺失）。根据这一成分的不同变体就可以进行下一步的分类了。这样一来，透过成分A的所有变体，对每一类来说首先都是劫走人的故事，然后才是劫走宝物之类。然后是含有a的故事，即寻找未婚妻、寻找宝物之类的东西的故事。可以反驳说：可是照这样不就会有两个故事开头相同但鉴于其中一个成分的有无（如有无难题）而被归入不同类的情形吗？是的，这样的情形是有的，但这并不能否定我们的分类法的正确性。既然这些标志互相排斥，包含功能对 Б—П 的故事与包含功能对 З—Р 的故事实质上就是不同结构的故事，该成分的有无是其基本的功能标志。这正像在动物学中鲸既然是用肺呼吸，哪怕它的外表很像鱼，也不能将它归入鱼之列；也正像鳗鱼尽管长得像蛇，但却要归入鱼类；土豆尽管通常被误认为是根，却要归入茎一样。这就是根据内在的结构标志而不是根据外在的、变化不定的标志分类的分类法。

接下去就会产生一个问题：有多个回合的故事该怎么办呢？比如说，那些有几项加害行为，其中每一项都独立展开的故事。

在此似乎只有一条出路，就事论事地说出每一个多回合文本：第一个回合如此，第二个回合那般。没有别的出路。这个办法或许很笨重不便，如果想编制出一份准确的分类法图表就更是如此，但却合乎逻辑，而且就本质而言是正确的。

这样一来，似乎可以得出四个故事类型。这与我们关于所有神奇故事完全同一的论断是否相矛盾呢？如果成分 Б—П 和 З—Р 在一个回合中互相排斥，是否意味着我们看到的是某两个故事类型，而不是上面所断定的，一个类型呢？不然，并非如此。如果仔细观察那些由两个回合构成的故事，就会看到下列情形：如果一个回合中含有交锋，而另一个回合含有难题，那么交锋总是在第一个回合里，而难题总是在第二个回合里。这些故事用于第二个回合的典型开头正是伊万被其兄弟们扔进深渊之类。对这些故事而言，两个回合的结构是典范性的。这样的故事很容易一分为二。兄弟们使得事情复杂化了。如果不是从一开头就引入兄弟们，或对他们的作用加以限制，那么故事就会以伊万幸福归来（即第一个回合的结尾）结束，第二个回合就不会出现。这样一来，前一半就会作为一个独立的故事而存在。从另一方面看，后一半也是一个完整的故事，只要用另一些加害者来代替兄弟们，或者干脆从一开始就是寻找未婚妻，我们所看到的就是一个通过难题展开的故事。如此，每一个回合都可以单独存在，但只有结合两个回合方能构成一个十分完整的故事。完全可能在历史上就是存在过两个类型，每一个都有自己的历史，后来在遥远的时代两个传统相遇并汇合成为一个东西。谈到俄罗斯的神奇故事，我们不得不说明，现在这是一个故事，我们这一等级的所有故事都是起源于它的。

D. 关于结构的局部形式与总体结构的关系

让我们来看一看什么是我们的故事的每一种体。

如果我们把所有包含"交锋—战胜"的公式一个接一个写下来，同时也写下我们所看到的不战而灭敌的情形，那么我们就会得出以下图式[1]（没有铺垫部分的功能项的图式，下文会说到它们）：

---

[1]　参见本书附录《省略标记表》。

ABC ↑ ДГZRБКПЛ ↓ Пр — СпХФУОТНС˙

如果将所有包含难题的图式一个接一个写下来，那么就会得出以下结果：

ABC ↑ ДГZRХФЗКРЛ ↓ Пр — Сп УОТНС˙

将已得出的两个图式放在一起则会得出以下结果：

ABC ↑ ДГZR БКПЛ ↓ Пр — СпХФУОТНС˙
ABC ↑ ДГZRХФ ЗКРЛ ↓ Пр — Сп УОТНС˙

由此可见，交锋—战胜，还有难题及其解答，就它们在一系列其他功能项中的位置而言，它们是相互对应的。在这些功能项中，其位置发生改变的只有不被察觉的抵达和假冒主人公的要求，它跟随在战斗之后（王子冒充厨师，运水人冒充取胜者），但出现在难题之前（伊万回家后在手艺人那里落脚，兄弟们冒充获取者）。接下去还可以观察到：包含难题的回合常常是第二轮的、重复的或唯一的回合，而作为第一个回合的情形相对十分罕见。如果是由两个回合构成的故事，那么包含交锋的回合总是先于包含难题的回合出现。由此可以得出结论说，包含Б—П的回合是典型的第一个回合，而包含难题的回合则是典型的第二个或重复的回合。其中每一个都可以单独存在，但结合在一起时总是按照已经述及的顺序。当然，从理论上说可能有相反的结合，但在那种情况下我们看到的总是两个故事的机械组合。

3¹.包含两对功能项的故事，会提供以下情景²:

ABC ↑ ZБ — ПЛ ↓ Ф3 — РУОНС˙

由此可见，此处的功能项对 Б — П（交锋—战胜）先于功能项对 3 — P（难题—解答）出现，居间的是功能项 Ф（假冒主人公的非分之想）。通过已经做过研究的这三种情形，我们并不能推断出，在该种组合下是否可能出现追缉的材料。在所有被考察的情形中它付诸阙如。

显而易见，我们在此看到的是两个回合的机械组合，即一些不大高明的讲述者对典范的破坏。这是经典的故事艺术结构发生了某种衰变的结果。

4.假如将其中既没有任何形式的交锋，也没有难题的所有图式逐个排列，就会得出下列公式:

ABC ↑ ДГZRЛ ↓ Пр — СпУОТНС˙

若将前述图式与这个图式进行一番比较，就会看到这些故事

1　原文如此。没有"1.""2."序号。——译者注
2　我们的材料里有三个例子：123号，136IV号，171III号。这些例子由于技术原因未包括在总结性的图式中。

没有提供任何特别的结构。材料里的所有故事均归之于一个可变的
图式：

$$ABC{\uparrow}ДГZR\ \frac{БКПЛ{\downarrow}Пр\text{-}Cn\ ХФ}{ФЗКРЛ{\downarrow}Пр\text{-}Cn}\ УOTHC^{*}$$

而且包含Б—П的回合循上侧的支线展开，包含З—Р的回合
循下侧的支线展开，包含这两个功能项对的先循着上侧的支线，随
后，未到终点又循着下侧支线展开，而既未包含Б—П也未包含
З—Р的回合则是绕开了每个回合的区别性的成分。

功能项Ф（假冒主人公的非分之想）的位置需要做若干说明。
在通过交锋和战胜（上侧图式）这对功能项的展开过程中，它处于
不被察觉的抵达（X）和认出（У）之间，在通过下侧支线难题及
其解答母题（З—Р）的展开过程中，它处于出难题的功能项之前
（在З之前）。这个功能项的位置实际上是一样的。它收拢上列图式
或开启下列图式。排除重复的成分并将不能合并的成分逐个排列，
我们就会得出以下总结性的图式：

$$ABC{\uparrow}ДГZR\ \{\ \frac{Б}{З}\ К\ \frac{П}{Р}\ \}\ Л{\downarrow}Пр{-}Cn\ ХФУOTHC^{*}$$

我们的材料中的所有故事（参见附录《诸图式及其注释》）都
可以归入这个图式。

这个图式提供了什么样的结论呢？首先，它确认了我们关于神奇故事结构十分同一的一般性论题。个别的细小变动或背离无损于这一规律性的牢不可破的图景。

乍一看，这一最核心的一般性结论与我们关于神奇故事丰富多样的概念无论如何也无法相容。

正如已经指出过的那样，这个结论应该说是十分出人意料的，就是对本书作者来说它也是意料之外的。这一现象如此不同寻常和不可思议，以至于让我们在转向一些较为局部的形式方面的结论之前，要对它略加关注。解释这个现象自然不是我们的事，我们要做的只是确认事实本身。但有一个问题依然想提出来：假如所有神奇故事就其形式而言如此同一，那么这是否意味着它们都同出一源呢？形态学家无权回答这个问题。他在此将这个结论交给历史学家或者自己应该变成历史学家。不过我们不妨以假设的方式做出自己的回答：是的，看似如此。只不过有关起源的问题不应从狭义的地理角度提出。"唯一起源"并不一定就是说故事都起源于印度（比如说），然后从那里再传播到全世界，在漫游过程中具有了各自不同的形式，就像有些人所假设的那样。从社会历史角度来说，唯一起源是心理意义上的。不过这里需要极其谨慎才是。假如总是用人类想象能力有限来解释故事的局限性，那么除了该类故事，我们就应该没有任何其他类的故事，可我们却有着成千个不同于神奇故事的故事。最后，唯一起源还可能是日常生活意义上的。但对故事的形态学研究显示出它所包含的现实生活内容很少。在这里，从日常生活到故事之间还有许多过渡阶段，因而日常生活在故事里是曲折地反映出来的。在一定的生活发展阶段形成的信仰就是这些过渡阶段之一，很可能规律性的关联从一方面来说存在于早期生活遗迹和宗教之间，从另一方面来说，则是存在于宗教与故事之间。但是当生活消亡了，宗教消亡了，其内在的东西就变成了故事。故事里包含了如此之多早期宗教观念的鲜明痕迹，简直无须借助历史研究就可以将其区分出来，正如上文已经指出的那样。但由于这样的假设从历史的角度更容易解释，我们不妨援引一个故事与信仰之间可进行类比的简洁典型的例子。伊万在空中乘坐的载运工具在故事里有三种基本形式：飞马、鸟儿和飞船。这些形式恰恰是载运死者灵魂的工具，而且在游牧民族和农耕民族那里马占优势，在狩猎民族那里则是鹰，而到了沿海居民那里就是船了。如此说来，可以假设故事构建的最初根基之一，正是漫游所反映的有关灵魂在阴间游荡的观念。这些观念，以及其他一些观念，毫无疑问可以在全球各地相互独立地产生。文化的交互影响以及信仰的灭绝完成了余下的事情，飞马为更好玩的飞毯所替代。——不过我们已经离题太远了，我们把对此的评判交给历史学家去做吧。将故事与进一步深入日常生活和生产中的宗教进行对比来研究故事，就此方面而言，故事还研究得很不够。

我们整个研究工作最一般、最基本的结论就是如此。这个概括的确仅仅是尝试。但如果它是正确的，那么将来它就会引发出一系列其他的概括，并且，至今严封着我们的故事的重重疑云，到那时或许就会渐渐开始消散。

不过，还是回到我们的图式上来吧。认定其绝对稳定不变似乎还不曾得到证实，功能项的序列并非像总图式所显示的那样处处皆如此，对图式的仔细考察显示出若干背离的情形。例如，可以看到特别是ДГZ（考验、主人公的反应、奖赏）几个成分常常处于A（最初的灾难降临）之前。这是否打破了规律呢？不然。这里并不是一个新的序列，而是序列颠倒过来了。

一般的故事，都是先出现灾难，然后是得到相助者，他化险为夷。颠倒的序列是先得到相助者，然后才出现要被他消除的灾难（ДГZ几个成分处于A之前）。另一个例子是：通常是先出现灾难，然后才是离家（ABC↑）。颠倒过来的序列是先离家，通常是无目的的（"见见世面，显显身手"诸如此类），后来在路上主人公才得知发生了灾难。

有若干功能项可以变换位置。在第93号和159号故事里，与对头的交锋发生在追捕之后。辨认和揭露、婚礼和惩罚都可以挪动位置。在一些功能项中，转交宝物有时可以出现在主人公离家之前，这就是父亲所提供的大棒子、绳索、槌矛等。这类转交在盗窃农作物（A^3）时最常碰到，但它在其他开场中也有，它远不能预先决定能否遇到一般类型的赠予者。就其位置而言，最不稳定的功能项要数T（摇身一变）。从逻辑上说，它最恰当的位置是在假冒主人公受惩之前或之后、在举行婚礼之前，这是它最常出现的地方。所有这些背离都改变不了关于神奇故事类型单一和形态相近的结论。这不过是变动而已，不是新的构建体系，也不是新的轴心。有一些直接打破的情形。在个别故事里背离得相当远（164号、248号故事），但经仔细考察，原来这是些幽默故事。这类伴随着史诗向滑稽剧转化而产生的序列置换，应该被认为是分化的结果。

有些故事就基本框架而言提供的是不完整的形式。在所有的故事中都有这些或那些功能项缺位。如果一个功能项缺位，那么这对故事结构没有丝毫影响——其余的功能项各守其位。根据一些遗迹常常可以看出，这一缺位属于遗漏。

整体上说，铺垫部分的功能项正可以纳入这些结论。假如我们将材料中的所有情形逐个抄录下来，就会得出上文在列举诸功能项时所引述的那整个序列。不过，对这个部分的研究因以下情况变得很复杂：这一部分的所有七个功能项从来不会同时出现在一个故事里，因而缺位在此种情况下也都不能用遗漏来解释，它们在实质上是不相容的。在此可以观察到同一个现象或许是用几种方法引发的情形。举一个例子：为了让对头可以制造灾难，讲故事者需要将主人公或受害者引入某种无助的境地，最常见的情形是让他必须离别双亲、长辈、保护者，往往通过主人公打破禁令来达到（尽管禁止，主人公还是走出家门），抑或并没有任何禁止主人公出门玩耍的禁令，或者是主人公上了加害者的当，后者叫他去海边玩，或者引诱他去树林之类的地方。因此，如果一个故事为此目的使用一个功能项对 6—b（禁令—破禁）或 r—g（欺骗—受骗）中的一个功能项，那么使用另一个并非必须。对加害者走漏消息常常也可以是通过主人公打破禁令来实现。因此，如果在铺垫部分采用了几个功能项对，那么总是可以期待双重的形态意义（打破禁令，主人公对加害者暴露了自己，等等）。对这一问题的详细解释有待于补充更多材料的分析。

最重要的问题是下一个，接下去在研究图式时它或许就会被提出来：一个功能项的几个变体是否一定与对应的另一个功能项的几个变体联系在一起？对这个问题诸图式提供了如下回答：

1. 有一些成分，它们总是毫无例外地与对应的诸变体相互联系在一起。这就是一些两位一体的功能对。比如说 Б¹（旷野上的交锋）就总是与 П¹（旷野上的胜利）联系在一起，而与比如 П³（赢牌）的联系就根本不可能也毫无意义。以下功能对的所有变体彼此保持固定不变的联系：禁令与破禁，打探消息与走漏消息，加害者的骗局（圈套）与主人公对其的反应，交锋与战胜，印记与辨认。

除了这些所有变体相互间保持固定不变联系的功能对以外，还有一些几个变体大致对应的功能对。例如，在初始的加害行为及对其进行消除的范围内，杀死与复生、施魔法与解除魔法及另外一些功能对就保持着稳固的联系。同样，在追捕与从中获救的形式中，具有快速变身为动物的追捕与同样形式的获救固定地联系在一起。这样说来，要将现有的成分集中记录下来，其形式相互之间出于逻辑需要，有时也是出于艺术需要牢固地联系在一起。

2. 有一些功能对，一半也许与同其另一半对应的几个变体相联系，但并非全部。例如，窃取也许与直接的反窃取（Л¹）相联系，与通过两个或几个相助者（Л¹Л²）弄到手相联系，与通过魔法性质的瞬间送回（Л⁵）弄到手相联系，等等。恰恰是直接的追捕也许会与通过普通的飞行获救、与通过逃跑和抛梳获救、与逃跑者变身为教堂或水井、与逃跑者隐匿起来之类相联系。不过，不难发现，在一个功能对之内常常是一个功能项可以引出几个回应，但这些回应中的每一个只与引出它的一个形式相联系。例如，抛梳总是与直接追捕联系在一起，但直接追捕并不总是与抛梳相联系。这样说来，可替代成分似乎有着单向和双向之别。我们现在不会着重研究这个界限。我们想指出的只是一个广泛应用的可双向替代的例子，即上文考察过的Д与Z两个成分（参见第三章）。

然而，必须指出的是，这些依存性标准无论它们自身多么显而易见，有时还是会被故事打破。加害与消除加害（A—Л）相互之间远隔着一段长长的叙述。在讲述过程中讲故事的人失去了线索，于是便可以看到，Д这个成分有时不完全同当初的A或a对应。故事似乎跑调了（改变调性，走调）。伊万为找马出门，可归来时却带回了公主。这个现象对于研究衍化是珍贵的材料：讲故事的人或者改变了开场，或者改变了结局，由类似的对比可以区分出几种改变和替代的方法。当故事前半部分引出的完全不是通常的回应，或者替代的是对另一种对故事规则来说完全不同寻常的回应，我们看到的就是类似跑调的现象。在第260号故事里，男孩被施了魔法之后，接下来没有什么解除魔法，他一辈子就是一只小山羊了。《魔笛》（第244号）这个故事非常有意思。在这个故事里杀害没有以被杀者复生的方式来化解，复生代之以杀害行为被揭露，而且这一揭露的形式与B[7]（唱悲歌）发生了同化，故事以此结束，只是添加上了杀人凶手（姐姐）受惩罚。在这种情形中可以发现驱逐并没有专有的化解方式。该方式被简单的归来所取代。驱逐常常是用"↑"标出的一种虚假的加害。主人公根本不是归来，而是成婚，等等。

3.所有其他成分结对也是完全自由的，这丝毫无损于逻辑或艺术性。不难相信，劫持一个人大可不必在该故事中非得勾连着飞行或指路，循着血迹追踪也没什么不行。同样，窃取宝物也并非定然要让主人公遭受死一回的迫害，遭到空中追捕亦无不可。这就是说，此处占据主导地位的是充分自由的原则和可互相替代的原则，在这个意义上，这些成分与类似 Б—П（交锋—战胜）那样总是彼此一定联系在一起的成分正好相反。这里要谈的就是这个原则。事实上民众很少利用这个自由，因而现有的组合方式的数目并不是很大。例如，没有将施魔法与发出号召联系在一起的故事，尽管这样无论从艺术上还是从逻辑上都是完全可能的。虽然如此，确定这条自由原则与非自由的原则同样十分重要。故事的变形、情节的多种变体正是通过以彼形式的同类成分替代此形式的途径得以实现的。

　　顺便说一句，这些结论是经得起验证的。可以自己编几个不限数量的新情节，并且让所有这些情节本身互不相似，最终却都会反映出一个基本的图式。为编这么一个故事，可以取一个任意的A，从可能的项中找一个B，再找一个C↑，然后是一个绝对任意的Д，再是一个Г，然后从可能的项中找一个Z，最后是一个任意的R，等等。在这种情况下，任何成分都可以漏掉（也许A或a除外）或重复三次，或者以各种各样的形式重复。如果随后按故事里的角色或按个人趣味分配功能，那图式就活起来了，就成了一个个故事。[1]

1　比较："故事不断分解，然后又在一些特殊的、不为人知的情节组装规律基础上重新组合"（B. 什克洛夫斯基，《散文理论》，第24页）。这个规律已经弄清楚了。

当然，必须提到缘由和其他辅助成分。将这些结论用于民间创作自然要求极为谨慎。讲故事者的心理，其创作心理，作为创作心理学的一部分恐怕应该单独进行研究。但假设我们这个其实很简单的图式的一些突出的基本因素在心理上起着某种主干作用，这是可以的吧。但那样的话，新故事就永远不过是老故事的组合或翻版而已。这似乎是说民众的故事没有任何创造。可是，这不尽然。可以准确地划分出民间故事讲述者从不进行创造的那些领域，以及他或多或少能自由创造的那些领域。在以下领域讲故事者要循规蹈矩，不能自由创造：

1. 在诸功能项的一般性序列中，其排列是按上文言及的图式展开的。这个现象是个复杂的问题，我们在此暂且无法对其做出解释，我们能做的只是确认事实。这个现象应该由人类学和跨学科来研究，它们当能对其原因做出说明。

2. 在那些变体与绝对或相对的依存地位联系在一起的成分替代中，讲故事者并不自由。

3. 在另外一些情况下，从人物标志物方面选择某些人物，如果这是确定的功能项的要求，讲故事者也不自由。不过必须说明的是，这种不自由完全是相对意义上的。例如，如果要有功能项 R^1（飞行），那么用作神奇赠物的就不能出现活命水，而应该出现马呀，飞毯呀，指环呀（好汉们），小箱子呀，以及许多其他的东西。

4. 在初始情境和随后的功能项之间有相当的依存性。例如，如果要求或希望用功能项 A^2（窃取相助者），那么这个相助者就应该包含在情境之中。

另一方面，讲故事者在以下领域又是自由的和可以进行创造的：

1.他选择跳过哪些功能项，或者相反，选择用哪些功能项。

2.选择功能项实现的方法（形式）。如上文已经指出的，新变体、新情节、新故事正是通过这些途径创造出来的。

3.在选择角色名称以及标志物上，讲故事者是完全自由的。从理论上说，此处的自由是最充分的。树可以指路，仙鹤可以赠马，凿子可以偷看，等等。这种自由是故事专有的特性。不过，必须说明的是，民众在这里并未滥用这种自由，人物的重复正如功能项的重复。就像已经指出的那样，在这里形成了一定之规（蛇妖——典型的加害者，老妖婆——典型的赠予者，伊万——典型的寻找者，诸如此类）。规范有变化，但这些变化极少是个人艺术创作的结果。可以认为：故事创作者很少虚构，他是从其他的地方或当前的现实中获取材料然后用于故事。[1]

4.讲故事者在语言手段的选择上是自由的。这一丰富的领域不属于研究故事结构的形态学家研究的范围。故事的风格是应该进行专门研究的现象。

1　这里或许可以提到以下情况：所有从别的地方进入故事的成分，都要服从于故事的规范和规律。进入故事里的鬼或者被作为加害者，或者被作为相助者，或者被作为赠予者。用古代的日常生活材料和其他材料来研究，这种状况尤其有意思。例如，有些民族接受新成员加入氏族社会要伴以在其额头、双颊、双肩上留下血痕。我们很容易从中认出主人公在举行婚礼前的打印记。在双肩上留印记已经失传，因为我们的双肩被衣服遮盖着，在额头和双颊留下印记还保留着，血印很多见，但只是用于艺术的目的。

E. 有关情节构成、情节与变体的问题

到目前为止，我们只是从故事结构的角度对其进行考察。我们看到了，以往对故事总是从情节的角度进行研究。我们不能绕过这个问题。但因为对情节这个词没有一个统一的、众人都接受的说法，因此我们可全权[1]根据自己的理解来定义这个概念。

故事的全部内容或许用类似下面的三言两语就可以叙述出来：双亲要去树林子里，他们禁止孩子们跑到外边去，蛇妖偷走了姑娘，诸如此类。所说的这一切给出了故事的结构，所有必不可少的成分、补充成分以及句子的其他部分确定了情节。换言之：这个结构可以建立在不同情节的基础上。是蛇妖劫持了公主还是鬼劫持了农夫或神甫的女儿，这从结构的角度看没有什么不同。但这些情况可以被看作不同的情节。我们能够容许"情节"这一概念有其他的定义，但这个定义适用于神奇故事。

现在我们究竟如何区别情节与变体呢？如果有这样一种形式的故事：

$$A^1 B^1 C Д^1 Г^1 Z^1 \text{等，}$$

而第二种形式是：

$$A^1 B^2 C Д^1 Г^1 Z^1 等，$$

那么要问的是：在所有其他成分保持不变的情况下，一个成分（B）的变化提供的是一个新的情节，还是不过是旧情节的一个变体？这显然是个变体。而如果变化的是两个或三个、四个成分呢？或者如果略去或补充一、二、三个成分呢？质的问题就变成了数量的问题。似乎不管我们如何确定"情节"的概念，将情节与变体区分开来都是完全不可能的。在此似乎只有两种观点：或者说每一个变化提供了一个新的情节，或者说所有故事提供的是以不同变体形式存在的一个情节。其实，两种说法表达的是同一个东西：所有神奇故事都应被看作诸多变体构成的一根链条。假如我们能展开一幅衍化的图画，我们就会确信在形态学意义上，所有这些故事都出自蛇妖窃取公主的故事，出自我们认定为基本形式的形式。这是一个非常大胆的论断，况且，衍化的图画我们在这本书中尚未提供。在这里重要的是极为丰富的材料。诸故事似乎可以经排列得出一幅足够鲜明的、一个情节向另一个情节逐渐过渡的图画，的确会有相当的跳跃和缺漏之处。民众没有提供数学意义上的全部可能的形式，但这同我们的假设并不矛盾。我们还记得，对故事的收集还不到一百年，故事是在它已经开始解体的时代开始被收集的，现在不再有新东西出现。但是，毫无疑问，曾经有过硕果累累、富于创造的年代。阿尔奈认为，在欧洲，中世纪是这样的年代。若想象一下那些对于学术研究来说一去不复返的故事繁荣的世纪，则现代的这种或那种形式的缺失跟普遍性理论便不会发生矛盾。正像根据一般天文学的规律可以推测我们所没有见到的那些星球的存在一样，有可能假定那些未被收集到的故事的存在。

由此可以引出一项十分重要的方法论性质的结论。

如果我们关于诸故事在形态上有着极为密切的亲缘关系的观察是正确的，那么由此得出结论说，该类故事的任何一个情节离开另一个情节都无法进行形态学的研究，也无法进行起源学的研究。诸成分按照类别通过替代的途径使一个情节转化成了另一个情节。诚然，在其所有变体和所有传播的范围内研究某一个故事的任务是十分诱人的，但对于民间文学性质的神奇故事来说，提出这个任务就实质而言并不恰当。比如说，如果在这类故事里出现了一匹神马，或感恩的动物，或聪明的妻子，等等，而研究涉及的只是在该组合中的它们，那就会使该项组合中的任何一个成分都无法研究得透彻。从这类研究中得出的结论就会是错误的、靠不住的。因为每一个这样的成分都可能碰到其他的用法，因而也就会有自己的发展过程。所有这些成分都应该先脱离其在这个或那个故事中的用法进行本体研究。在眼下民间故事对于我们来说还是一片混沌的时候，我们首先需要的是对整个故事材料范围内的每一个成分分别进行阐释。奇异诞生，禁令，以宝物奖赏，逃跑—追捕，诸如此类，所有这些都是值得写独立成篇的论文或专著的成分。不言而喻，类似研究不会仅仅局限于故事。故事的大部分成分起源于这种或那种古老的日常生活、文化、宗教或其他方面的现实，应该引用这些现实进行比较。在单个成分的研究之后应该进行所有神奇故事立足于其上的主干的起源学研究。再接下去则必然要研究变形的标准和形式。

只有在此之后或许才能进入诸如单个情节是如何创造出来的、它们是什么等问题的研究。

结语

工作结束了，我们还需要有段结语。没必要对论题再做概括——它在开头部分已经有了，它渗透在全书之中。代替结语可以指出的是：我们的看似新颖的理论，有人对其已有直觉预见，这不是别人，正是维谢洛夫斯基，我们就以他的话来结尾吧："在这一领域是否允许提出典型图式的问题……作为现成的程式世代相传，能够借新情绪复活并引出新东西的图式呢？……情节繁复、照相式再现现实的当代叙事文学显然排除了类似问题的可能性；但是，当它对于后代来说是在悠远的背景上浮现，如同从史前到中世纪的古代世界于我们一样时，当时间这位伟大的删繁就简者综合掠过现象的复杂性，而将其简化为延伸的一个个点，它们形成的一条条的线与我们回望遥远年代的诗意创作的时候袒露在我们面前的东西汇聚在一起时——图式化和重复性的现象就会获得全方位确立。"（维谢洛夫斯基，1913年，2）

附 录

用于故事符号记录的材料

我们能够考察的只是角色的功能项，而所有其他的成分应该搁置一旁，在这里我们要提供的是神奇故事所有成分的一张清单。清单并未穷尽每个故事的内容，但大部分都放进清单里了。若想象每张表在一张纸上列满，那么下面列出的标题就给出了一条水平线，而记录在每个标题下的材料则是一条垂直线。角色的诸功能项保持着上文第三章里确定的序列。其余成分的序列允许有若干变动，不过，它们不会改变总体格局。对划分出来的每一个成分或一组成分的研究为从整体上全面研究故事揭示出广阔的前景，并为故事起源与发展问题的历史研究做了准备。

表一 初始情境

1.时空定位（"有那么一个王国"）。

2.家庭构成：

　　a.按名称和状况；

　　b.按角色范畴（派遣者，寻找者，等等）。

3.无儿无女。

4—5.乞求生子：

4）祈祷的形式；

5）祈祷的缘由。

6. 何以怀孕：

    a. 有意为之（吃下的一条鱼之类）；

    b. 偶然得之（被吞下的一粒小豌豆之类）；

    c. 暴力所致（姑娘被熊掳走之类）。

7. 奇异诞生的形式：

    a. 从鱼腹里和水中生出；

    b. 从炉灶中生出；

    c. 由动物生出；

    d. 其他形式。

8. 神启，预言。

9. 开场之前的好运：

    a. 幻想出来的；

    b. 家庭的；

    c. 农事的；

    d. 其他形式的。

10 — 15. 未来的主人公：

10）名称、性别；

11）速长；

12）与炉灶、炉灰的关联；

13）精神特性；

14）顽皮；

15）其他特性。

16—20. 未来的假冒主人公（最常见的——兄弟、异父或异母的姐妹；参见下文110—113）：

16）名称、性别；

17）与主人公亲缘关系的远近；

18）反面特性；

19）与主人公（机灵鬼）形成对比的特性；

20）其他特性。

21—23. 兄弟争先：

21）纷争的形式与进行裁决的方法；

22）三重化时的辅助成分；

23）纷争的结果。

表二 铺垫部分

24—26. 禁令：

24）执行者；

25）禁令的内容、形式；

26）禁令的缘由。

27—29. 外出：

27）执行者；

28）外出的形式；

29）外出的缘由。

30 — 32. 破禁:

30) 执行者;

31) 破禁的形式;

32) 缘由。

33 — 35. 对头初次露面:

33) 名称;

34) 进入情节的方法（从别的地方来）;

35) 从外部出场的特点（穿过顶棚飞进来）。

36 — 39. 打听，刺探:

36) 执行者:

　　a. 加害者打听、刺探有关主人公的情况;

　　b. 相反;

　　c. 其他。

37) 被打听的东西;

38) 缘由;

39) 三重化时的辅助成分。

40 — 42. 泄露消息:

40) 执行者;

41) 回答加害者（或大意行为）的形式:

　　a. 回答主人公的形式;

　　b. 回答的其他形式;

　　c. 由于大意行为而泄露。

42) 三重化时的辅助成分。

43. 加害者的骗局：

　　a. 通过约定；

　　b. 使用宝物；

　　c. 其他。

44. 签订欺骗性条约时先在的灾难：

　　a. 灾难已经存在；

　　b. 火难由加害者引起。

45. 主人公的反应：

　　a. 对约定的反应；

　　b. 对采用宝物的反应；

　　c. 对加害者其他行为的反应。

表三　开场

46 — 51. 加害行为：

46）执行者；

47）加害行为的形式（或指出缺失）；

48）加害者作用的对象（或缺失的对象）；

49）所窃之物的拥有者或被窃者的父亲（或者是意识到缺失的人）；

50）加害行为的缘由及目的或意识产生的形式；

51）加害者消失的形式。

（例：46 ——蛇妖，47 ——劫持，48 ——女儿，49 ——国王，

50——为了强娶，51——飞走。在缺失情况下：46—47——缺失、不足、需要，48——金角鹿，49——给国王，50——为了折磨主人公。）

52—57.承上启下的环节：

52）调停者，派遣者；

53）调停的形式；

54）向谁请求；

55）带有何种目的；

56）三重化时的辅助成分；

57）调停者如何认出主人公。

58—60.寻找者、主人公进入故事：

58）名称；

59）进入情节的形式；

60）出场时的外部特点。

61.主人公表示赞同的形式。

62.主人公派遣的形式。

63—66.伴随他出场的现象：

63）威胁；

64）许诺；

65）提供旅途之需；

66）三重化时的辅助成分。

67.主人公离家。

68—69.主人公的目的：

68）目的是一项行动（寻找、解放、搭救）；

69）目的是一个对象（公主、神马等）。

表四　赠予者

70. 由家到赠予者那里的路途。

71—77. 赠予者：

71）进入故事的方法，名称；

72）居所；

73）外貌；

74）从外面出场的特点；

75）其他标志物；

76）与主人公的交谈；

77）款待主人公。

78. 为转交宝物所做的铺垫：

　　a. 题目；

　　b. 请求；

　　c. 交手；

　　d. 其他形式。三重化。

79. 主人公的反应：

　　a. 正面反应；

　　b. 负面反应；

80—81. 提供：

a. 提供什么；

b. 以怎样的形式提供。

表五　从相助者进入第一回合结束

82—89. 相助者（宝物）：

82）名称；

83）召唤的形式；

84）进入情节的方法；

85）出场的特点；

86）外貌；

87）原先的所在地；

88）对相助者的调教（驯服）；

89）相助者的智慧。

90. 送达指定地点。

91. 到达的形式。

92. 寻找对象所在之处的点缀物：

a. 公主的居所；

b. 加害者的居所；

c. 对极远之国的描绘。

93—97. 加害者第二次出场：

93）进入情节的方法（被找到等）；

94）加害者的外貌；

95）随从；

96）从外面出场的特点；

97）加害者与主人公的交谈。

98—101. 公主（寻找的对象）第二次（缺失时是第一次）出场：

98）进入情节的方法；

99）外貌；

100）从外面出场的特点（坐在海边等）；

101）交谈。

102—105. 与加害者交锋：

102）作战的地方；

103）作战之前（惹怒对手等）；

104）作战或交锋的形式；

105）作战之后（焚烧尸体）。

106—107. 打印记：

106）人物；

107）方法。

108—109. 战胜加害者：

108）主人公的作用；

109）相助者的作用。三重化。

110—113. 假冒主人公（次要类——运水工人、将军；参见上文16—20）：

110）名称；

111）出场形式；

112）作战时的表现；

113）与公主的交谈，骗局，等等。

114—119.灾难或缺失的消除：

114）相助者的禁令；

115）破禁；

116）主人公的作用；

117）相助者的作用；

118）方法；

119）三重化时的辅助成分。

120.归来。

121—124.追捕：

121）告知加害者逃跑消息的形式；

122）追捕的形式；

123）将追捕告知主人公；

124）三重化时的辅助成分。

125—127.从追捕中获救：

125）拯救者；

126）形式；

127）加害者毙命。

表六　第二回合开始

由新的加害行为（A^1 或 A^2 之类）到抵达——重复前述行为，同一些栏目。

表七　第二回合继续

128. 不被察觉的抵达：

　　a. 以仆役身份回家；

　　b. 不以仆役身份回家；

　　c. 去另一个国王那里；

　　d. 隐藏身份等的其他形式。

129—131. 假冒主人公的非分之想：

129）执行者；

130）要求的形式；

131）筹备婚礼。

132—136. 难题：

132）出难题的人物；

133）出难题者出题的缘由（疾病之类）；

134）难题的实际缘由（区别假冒主人公与真正的主人公，等等）；

135）难题的内容；

136）三重化时的辅助成分。

137—140.难题被解答:

137)与相助者的交谈;

138)相助者的作用;

139)解答的形式;

140)三重化时的辅助成分。

141—143.认出:

141)召唤真正的主人公的方法(举行盛宴、走访乞丐);

142)主人公出场的形式(出席婚礼等);

143)认出的形式。

144—146.揭露:

144)揭露者;

145)揭露的方法;

146)导致揭露的原因。

147—148.摇身一变:

147)人物;

148)方法。

149—150.惩罚:

149)人物;

150)方法。

151.婚礼。

进一步的分析例证

1. 通过"交锋与战胜"（Б—П）母题展开的一个回合的简单故事之分析。

第131号故事。国王，三个女儿（初始情境——i）。女儿们去散步（年幼者外出——e^3），在花园里流连（破禁的遗迹——b^1）。蛇妖抓走了她们（开场——A^1）。国王吁请帮助（下诏——B^1）。三个主人公出发去寻找（C↑）。与蛇妖三战三胜（$Б^1$——$П^1$），使姑娘们获救（灾难被消除——$Л^4$）。归来（↓），奖赏（C^3）。

$$i\ e^3\ b^1\ A^1\ B^1\ C↑\ Б^1 — П^1\ Л^4 ↓ c^3$$

2. 通过难题及其解答（3—P）母题展开的一个回合的简单故事之分析。

第247号故事。商人，商人之妻，儿子（初始情境——i）。夜莺预言说，父母将被儿子侮辱（预言＝后来企图弄死儿子的缘由，不算情节发展中的一个功能项。比较表一，第8）。父母将睡着的儿子放进小船并将船推入大海（开场：通过投入大海实施加害——A^{10}）。船员们发现了他并将他带走（以旅行的方式实现空间移动——↑ R^2）。他们到达了赫瓦楞斯克（代替极远之国）。出自国王的难题：猜出王宫庭院里的乌鸦在叫什么（难题——3）。男孩解答出了这个难题（解答——P），娶了国王的女儿（婚礼——C*），回家（↓），在路上投宿时认出了父母（认出——Y）。

$$i\,A^{10} \uparrow R^2\,3 - P\,C^{\cdot} \downarrow y$$

注：男孩之所以能解答出难题，是因为他天生懂鸟语。这里漏掉了成分 Z^1——转交宝物，因而相助者缺席；其标志（智慧）转移到了主人公身上。故事保留了这位相助者的遗迹：预言父母将会因儿子丢脸的夜莺，它跟着男孩飞走了，落在他的肩膀上。不过它未参与情节发展。在路上男孩证明了他的智慧，他预言暴风雨将临和强盗将光顾，以此救了船员们。这正是智慧的标志，它以附加的形式平铺直叙地展开。

3. 既无作战和战胜（Б—П）母题，亦无难题及其解答（3—P）母题的一个回合的简单故事之分析。

第244号故事。牧师，牧师之妻，儿子伊万努什卡（初始情境——i）。阿莲努什卡去林子里采浆果（外出——e^3）。母亲吩咐她带着兄弟（以命令形式出现的颠倒的禁令形式——6^2）。伊万努什卡采的浆果比阿莲努什卡多（后来实施加害的缘由，作为开场）。"让我看看你的小脑瓜里有什么"（对头的欺骗性劝说——r^3）。伊万努什卡睡着了（g^3）。阿莲努什卡把兄弟给杀了（以杀害形式出现的开场的实施加害——A^{14}）。坟头上长出了一棵芦苇（地下长出的宝物出场——Z^{VI}）。牧人折下芦苇，用它做了一支笛子

（连接成分——§）。牧人吹奏笛子唱歌，泄露了凶手的秘密（揭露——O）。歌声在不同的场合重复了五次，这其实就是与揭露化为一体的悲歌（B^7）。父母赶走了女儿（惩罚——H）。

$$i\, e^3\, 6^2\, r^3 \,—\, g^3\, A^{14}\, Z^{VI}\, §\, O\, B^7\, H$$

4. 通过与对头作战和将他战胜（Б—П）开场的两个回合的故事之分析。

第133号故事。I. 某人，妻子，两个儿子，一个女儿（初始情境——i）。两个哥哥去地里干活（年长者外出——e^1），让妹妹给他们送早饭（请求＝颠倒的禁令形式——6^2），他们在去地里的路上撒了些刨花（刨花向作为对头的蛇妖泄露了关于主人公的消息——w^1），蛇妖把刨花挪了地方（对头意在引诱受害者的骗局——r^3）；姑娘带着早饭下地去（完成请求——b^2），走错了路（主人公对对头的欺骗行动的反应——g^3）。蛇妖将她抓走了（开场——劫持——A^1）。哥哥们得知了这个消息（B^4）后出发去寻找（主人公的反应——C↑）。牧人们说"你们把我那头最大的牛给吃下去"（赠予者的考验——$Д^1$）。哥俩做不到（假冒主人公的否定反应——$Γ^1_{neg}$）。还有，一个牧人让他们吃下一只绵羊和一头野猪，反应还是否定的。蛇妖说"你们要吃下十二头牛"（另一个人物的新的考验——$Д^1$），哥俩还是做不到（$Γ^1_{neg}$）。哥俩被扔到了石头下面（以惩罚代替奖赏——Z_{contr}）。

II. 小豆骨碌碌出生了。母亲讲述了发生的祸事（通报灾祸——B^4）。主人公出发去寻找（主人公的反应——$C\uparrow$）。牧人们和蛇妖所作所为依然如前（考验主人公——$Д^1$，其反应——$Г^1$；考验对情节发展没有任何影响）。与蛇妖作战并获胜（$Б^1$—$П^1$）。救出姐姐和哥哥们（消除灾难——$Л^4$）。归来（$\downarrow$）。

$$i\, e^1\, 6^2\, w^1\, r^3\, ь^2\, g^3\, A^1 \quad \begin{array}{l} \text{I} \\ \\ \text{II} \end{array} \left\{ \begin{array}{l} B^4\, C\uparrow Д^1\, Г^1_{neg}\, Z_{contr} \\ \qquad\quad Д^1\, Г^1_{neg}\, Z_{contr} \\ B^4\, C\uparrow Д^1\, Г^1 \qquad\quad Б^1—П^1\, Л^4\downarrow \end{array} \right\}$$

5. 两个回合的故事之分析：第一个回合通过功能项交锋与战胜（Б—П）展开，第二个回合通过难题及其解答（3—P）展开。

第139号故事。I. 国王无嗣。王后（母牛、狗）奇迹般地生下三个儿子（i）。他们离开家（$\uparrow$）。争老大苏钦科赢了（母题21—23，非情节中的功能项）。他们遇到了别雷·波利亚宁。两个弟弟被他打败了（与怀敌意的赠予者交手——$Д^9$，假冒主人公的否定反应——$Г^9_{neg}$），波利亚宁将他们痛打了一顿（以惩罚代替奖赏——Z_{contr}）。苏钦科战胜了他（$Д^9Г^9$）。他供主人公驱使（Z^9）。他们遇到了一座房子，有个老爷爷住在里面。三兄弟逐个跟他交战（$Д^9$）。老头得手（主人公的否定反应——$Г^9_{neg}$）。小弟弟打败了老头（$Г^9$）。老头逃跑了，循着他留下的血迹找到了进入另一个世界的入口（血迹指路——R^6），苏钦科顺着一根粗绳索下到了那里（使用无生命的通报方式——R^5）—$Z=R^6_5$。"他想起了被三个蛇妖劫持到阴间的公主。要去找他们"（劫持——A^{12}，发生在情节开始之前，但到了中间部分才提到，突然记起它——代替通报 B^4）。出发去寻找（$C\uparrow$）。随后是三战三胜（$Б^1$——$П^1$）。姑娘们被解救出来（解救——$Л^4$）。小公主给了主人公一个指环作为订婚标志（用指环给主人公做记号——K^2）。订婚（c^1）。归来（$\downarrow$）。

II. 兄弟们和波利亚宁劫持了公主，苏钦科被扔进了深谷（$\dot{A}^1$）。与碰到的老爷爷交战。苏钦科从他那里得到了强力水和一匹马（与怀有敌意的赠予者交战——$Д^9$，交战取胜——$Г^9$，宝物转交时被吃下或被喝下去 Z_7^1）。飞马将他送回了家（R^1——飞行）。不被察觉的抵达，给金银匠干活（X）。假冒主人公们向公主求婚（Φ）。公主们要求打嵌宝石的金戒指（婚礼前的难题——3），主人公以金银匠的身份打出了指环（解答难题——P）。公主想起了自己的新郎，但没猜到指环是他做的（认出没有发生——y_{neg}）。主人公从马耳朵钻过去变成了一位美男子（摇身一变——T）。假冒主人公们受惩（H）。新娘认出了新郎（认出——y）。三场婚礼（C^*）。

I. $i\uparrow Д^9\,Г_{neg}^9\,Z_{contr}$

$Д^9\,Г_{neg}^9\,Z_{contr}$

$Д^9\,Г_{neg}^9\,Z^9$

$Д^9\,Г^9$

$Д^9\,Г_{neg}^9$

$Д^9\,Г_{neg}^9$

$Д^9\,Г^9\quad Z = R_5^6\,A_2^1\,B^4\,C\uparrow Б^1$——$П^1$

$Б^1$——$П^1$

$$Б^1 — П^1 \ Л^4 \ K^2 \ c^1 \downarrow$$

II. $^*A^1 \ Д^9 \ Г^9 \ Z_7^1 \ R^1 \ X \ Ф3 — PY_{neg} THYC^*$

6.四个回合的故事分析举例。

第123号故事。I. 国王，儿子（i）。国王下令捉一个林妖来，林妖请求王子放了它（事先被捉的俘虏的请求——$^*Д^4$）。王子做了这件事（主人公的反应——$Г^4$）。林妖答应会帮助他（z^9）。国王将儿子从家中赶了出去（驱逐——A^9），让他随身带一个男仆（对头，即加害者出场），途中男仆蒙骗了王子（骗局和主人公的反应——$r^3 — g^3$），脱下了他的衣服自己装成国王的儿子，而让王子装成仆人（暗中偷换——A^{12}）。王子和男仆来到了另一个王国，王子混在厨房中（不被察觉的抵达——X）。（我们略过了与讲述线索无关的无足轻重的片段。）

II. 林妖出现了，他的女儿们送给了王子几件神奇的礼物：一块桌布、一面镜子和一支短笛（转交宝物——Z^1）。公主"相中"了王子（不是一个功能项，是为尔后的认出做铺垫）。魔怪胁迫公主嫁给他（强迫成婚的威胁——A^{16}）。国王下诏书（B^1）。王子和男仆动身前往相助（C↑）。林妖现身，他送给王子增添力气的饮料、马匹、宝剑（提供宝物——Z_7^1）。王子打败了蛇妖（交锋和战胜——$Б^1 — П^1$）。公主获救（消除灾难——$Л^4$）。归来（↓）。公主当众吻了王子（遗迹：以接吻形式表现主人公的被打印记或做记号——K）。男仆把胜利归功于自己并要求得到公主（假冒主人公的要求——Ф）。

III. 公主假装生病要吃药（缺失——a^6 和让人去寻找 B^2。一个功能项具有双重意义的情形：它还可以被看作出难题）。王子和他的男仆乘船出发（C↑）。

IV. 男仆把王子沉入水中（A^{14}）。王子有一面镜子，它发出警报（通报灾难——B^4）。公主前往营救他（C↑）。林妖给她一张大渔网（转交神奇的赠物——z^1）。她将王子拖出来（消除灾难，复活——Л^9），归来（↓），讲出一切（揭露——O），真王子亮相（认出——У）。男仆被处死（惩罚——H），举行婚礼（C^*）。

最后一个回合（IV）和前一个回合（III）同时完成。

I. $i^* \, \text{Д}^4 \, \Gamma^4 \, z^9 \, A^9 \, r^3 — g^3 \, A^{12} \, X$

II. $Z^1 \, A^{16} \, B^1 \, C \uparrow Z_7^1 \, \text{Б}^1 — \text{П}^1 \, \text{Л}^4 \downarrow \text{КФ}$

III. $a^6 \, B^2 \, C \uparrow$

$$z^1 \, \text{Л}^9 \downarrow \text{ОУНС}^*$$

IV. $A^{14} \, B^4 \, C \uparrow$

7.五个回合、回合相互交织的复杂故事之分析。

第198号故事。I. 国王，王后，儿子（i）。父母将儿子托付给了男仆卡托玛（未来的相助者供主人公调遣——Z^1），然后撒手人世（以死亡形式出现的长者外出——e^2）。儿子想娶亲（缺失新娘——a^1）。卡托玛给伊万看一些画像（衔接——§），有一幅画像下面的题辞是："谁若能给画中人出一个谜语，她就嫁给他"（难题——3）。主人公同他的男仆出发了（C↑）。在路上卡托玛想出了一个谜语（解答——P）。公主还有两道难题，卡托玛都替伊万解答了（难题与解答——3—P）。举行婚礼（C^*）。

II. 公主在举行仪式之后握住了伊万的手，知道了他的弱点，猜到了是卡托玛在帮他（串联成分——§）。他们一起去伊万的故乡（外出——e^1）。公主"诱惑"伊万（r^3），他中了她的魔法（主人公上当——g^3）。公主吩咐砍下卡托玛的双手和双脚（肢体残害——A^6）并将他留在了林子里。

III. 伊万的相助者被强行夺走（相助者被夺走——A^{II}），他自己得去放牛。

IV.（故事随着卡托玛发展，他成为这部分叙述的主人公。）无脚的卡托玛遇到了一个瞎子（遇到提供效劳的相助者——Z_9^6）。他们在林子里住下来，他们不满于没有一个主妇，两人琢磨着把商人的女儿劫来（新娘缺失——a^1），他们出发了（$C\uparrow$），瞎子背着没脚的（以搬运形式出现的空间移动——R^2）。他们劫到了商人的女儿（运用暴力获得新娘——Л^1），归来（↓），他们遭到追捕，逃跑获救（追捕与获救——Пр^1—Сп^1）。他们像兄弟姐妹般生活在一起（没有出现婚礼——C_{neg}^*）。

V. 女妖每天夜里来吃姑娘的奶（吸血成性——A^{18}），被他们发现了（代替出现通报灾难——B），他们决定救她（反抗——C）。跟女妖搏斗（跟老妖婆、后来是赠予者直接搏斗——Д^9—Г^9）。姑娘获救（作为前述行动的直接结果，灾难被消除——Л^4）。

II.（展开。）女妖告诉主人公们有一口治病疗伤水的井（宝物被指明——Z^2）。他们因水而康复：卡托玛的手脚又长了出来，瞎子也复明了（通过使用宝物的途径消除损害；宝物使灾难瞬间消除——$Л^5$）。老妖婆被扔进燃烧着火的井里（惩罚——H）。

IV.（结尾。）瞎子娶了姑娘（举行婚礼——C^*）。

III.（展开与结尾。）主人公们出发去搭救王子（$C\uparrow$）。卡托玛再次为伊万效劳（使自己成为受主人公驱使的相助者——Z^9）。他们将他从卑微的劳役中解救出来（开头灾难的消除是前述行动的直接结果——$Л^4$）。伊万与公主的婚姻得以和平地延续下去（破镜重圆的婚姻——c^2）。

I.　$i\,Z^1\,e^2\,a^1\,3\,C\uparrow 3 — P$

$$3 — PC^*$$

II.　$e^1\,r^3\,g^3\,A^6$

III.　A^{II}

IV.　$Z_9^6\,a^1\,C\uparrow R^2\,Л^1\downarrow \Pi p^1 — C\pi^1\,C_{neg}^*$

V.　$A^{18}\,B\,C\,Д^9 — Г^9\,Л^4$

II.　$Z^2\,Л^5\,H$

IV.　C^*

III.　$C\uparrow Z^9\,Л^4\,c^2$

8.有两位主人公的故事分析举例。

第155号故事。I. 有一个士兵的妻子，生了两个儿子（i）。他们想得到马（缺失宝物或相助者——a^2），告别（主人公被允许离家——B^3），出发（$C\uparrow$）。路上遇到的老人向他们打听事情（赠予者的考验——Д^2）。他们有礼貌地做答（主人公的反应——Г^2）。老人送给他们每人一匹马（获得以馈赠形式出现的宝物——Z^1；此前在市场上被卖掉的两匹马显得很不中用——三重化）。他们归家（↓）。

II. 他们想每人得到一把马刀（a^2），母亲放他们出门去找（B^3），他们出发（C↑）。路上遇到的老人向他们打听事情（Д^2）。他们有礼貌地做答（Г^2）。老人送给他们每人一把马刀（Z^1；此前铁匠们打出的马刀显得很不中用——三重化）。他们归家（↓）。这个回合是对第一个回合的复制，可以将其看作第一个回合的重复。

III. 弟兄俩离开了家（↑）。一条路的路边柱子上预言可以登基为王，另一条路的路边柱子上预言会死亡（预言——参见表一的8）。兄弟俩互赠手巾，一个人遇到灾难另一个人的手巾上就会渗出血来（互赠能发信号的东西——s），接着就分手了（分手及走上不同的道路——<）。第一个兄弟的命运是：他接着赶路（R^2），来到了别的国家并娶了公主（C˙）。他在马鞍子下找到治病疗伤水和活命水（找到宝物——Z^5；获得宝物被前移而其展开在后面）。

IV. 第二个兄弟到达了一个有蛇妖食人的国家。现在轮到了国王的女儿们（被吞食的威胁——A^{17}）；接下去是目的在于反抗的出发（C↑），与蛇妖三战三胜（Б^1—П^1），在第三场战斗中主人公受了伤，公主给他包扎伤口（给主人公做记号——K^1）。国王派运水夫去收公主的尸骨（假冒主人公出场）。他假冒取胜者（假冒主人公的要求——Ф）。结束了第三场战斗之后主人公来到王宫（衔接环节——§），人们根据包扎的伤口认出了他（认出——Y），假冒主人公被揭露（揭露——O），受到惩罚（惩罚——H），举行婚礼（C'）。

III.（延续。）另一个兄弟去打猎（外出——e^3）。在林中一间屋子里有一个美貌的姑娘开始诱惑他（敌对方旨在消灭他的骗局——r^3）。主人公上了她的当（g^3），她变身为一头母狮子将他吞了下去（杀害——A^{14}；同时是作为对他在前一个回合中杀掉了蛇妖的报复：姑娘原来是被杀蛇妖的妹妹）。弟弟的手巾上出现了灾祸的兆头（通报灾难——B^4），弟弟出发去营救（C↑），骑着神马腾空而去（R^2）；姑娘（母狮子）试图诱惑他，他没有上当（$r^3 — g^3_{neg}$），迫使母狮子吐出被她吞下的兄弟并且使他复活（复活——$Л^9$）。他饶了母蛇妖（H_{neg}）。

这个故事有一个简洁而别具一格的结尾：被留了活命的母蛇妖将兄弟俩撕成了碎片。

诸图式及其注释

正文中提及的一百个阿法纳西耶夫故事集里的故事有四十五[1]个的图式印在本书的插页上。进行了一定的简化。例如，由于技术原因没有提到三重化。图式中出现的开场部分的功能项（e，б——b，в——W，r——g）同样未提及。若干经过选择的文本的完整分析见本书附录《进一步的分析例证》。

如果几个功能项或一组功能项以不同形式连续重复，这类重复以放入花括号里的重复成分上下排列来标志。如：

$$\left\{ \begin{array}{ccc} Д^7 & Г^7 & Z^9 \\ Д^1 & Г^1 & Z^1 \end{array} \right\}$$

就表示赠予者有求于主人公（$Д^7$），主人公满足了这个请求（$Г^7$），这位赠予者就服从主人公的调遣（Z^9）。随后赠予者让主人公经受考验（$Д^1$），主人公经受住了（$Г^1$），赠予者把宝物交给了他（Z^1）。如果情节发展被打断，而且在行动中插入了新的回合，这类中断就用虚点标出，用罗马数字表示的新回合（第一个，第

1　实为四十六个。——译者注

二个，等等）代码标出。如 R^1 …… II …… Π^4 表示在主人公移动上路母题（R^1）和初始灾难被他消除（Π^4）之间添加了第二个新的故事，它在图式中将用数字 II 在下面标出。缺失如果在故事里不是用文字强调，而是从情境中引发出来，就用方括号标出，如主人公未婚，出发去给自己找媳妇——就用"[a]BC ↑"标出，其中 a 表示缺失，B 表示意识到缺失（如通过出主意者），C 表示决定出发，↑ 表示上路。开场之前的铺垫部分的诸功能项（如长者外出等）没有进入图式，因为这会造成印刷方面的困难，而且它们出现与否对情节发展没有决定性的意义。数字标示的是阿法纳西耶夫故事集苏联时期版本的号码，罗马数字标示的则是我们的分析材料中的回合。在这些单独图式的号码下面有逐字逐句的解释。

如果一个功能项在叙述中位于按规范不是它所应该在的地方，就把它登记在它实际所在之处。例如，在135号故事里主人公是在灾难降临（A^4）之后和出发之前立刻就获得了宝物（Z^2）的（$A^4 Z^2 C$ ↑），在此它并不固定。这类情形极其少见，并且没有改变一般规律性的格局，不过是一些变动而已。这类情形没有单独做说明。还有一些情形是功能项的形式与可预见的变体不尽相宜，那时这个变体就是不固定的（如不论 Z 这个功能项的变体是什么样的，一般来说都是以神奇的赠物作为奖赏）。

我们抄录下了研究材料的半数。其余材料无伤规律性的格局，因而未列入表内。

对单个图式的注释

93号。这个故事颇为复杂。我们来做一番完整的分析。

I. 国王、王后、儿子（i）。马夫预言：将要出生的妹妹会是一个可怕的女妖，会吃掉父母亲和所有相关的人（由于亲属们而产生的食人威胁——A^{XVII}）。伊万请求去散步，于是被放了出来（B^3），他逃跑了（↑），碰到了两个女裁缝：她们说："瞧，针线箱毁掉了，死神立刻就该来了。"（没有出现请求的无助状况——$Д^7$）主人公对她们无能为力（r^1_{neg}）。她们也什么都没送给他（Z_{neg}）。拔出最后一批橡树的维尔托杜伯、扳倒最后几座山峰的维尔托戈尔也跟前面的情形一样。伊万到达了太阳妹妹那里。

II. 伊万闷闷不乐（§）。太阳妹妹问了他三次（$в^3 — w^3$）。他想回家（a^6），她放他走（B^3），给了他一把刷子、一把梳子、两个长生不老的苹果（Z^1）。他就离开了（↑）。他再次遇见维尔托杜伯、维尔托戈尔和裁缝们（$Д^7$）。他把刷子、梳子和苹果送给了他们（刷子——变成了新的山，维尔托戈尔获得新生；梳子——变成了新的橡树；苹果——让老太婆们重返青春。提供效劳——$Г^7$）。老太婆们送给他一块头巾（Z^1）。伊万回到了家。

III. 妹妹说：你来弹古斯里琴（欺骗性的协定——r^1）。老鼠们发出警告（§）：她去磨牙齿（A^{XVII}）。伊万没有上当（g^3_{neg}），他逃跑了（↑）。女妖追赶（追捕——$Пp^1$）。维尔托杜伯以橡树们为障，维尔托戈尔则以山峰为障，头巾变成了一片湖泊（设障营救——Cn^2）。他到了太阳妹妹那里。母蛇妖让伊万王子上秤称，看谁更重（Б⁴）。秤让伊万占了上风（Π⁴）。他永远留在了太阳妹妹那里（在结构上与婚事一样——C˙）。有别于经典的是追捕和获救发生于交锋与战胜之前。

94号。《伏尔加河和瓦祖扎河》——这是另一个系列的故事，此处不做分析。

104号。一个比较复杂的例子。姑娘，神奇木偶（i）。

姑娘去了城里，住在一个老太婆家里（不被察觉的抵达——X）。老太婆给她买来了亚麻（Z⁴），让她用亚麻纺出特别特别细的纱线（关于这一点参见下文）。木偶夜里给她造了一架织布机（Z³）。她织出了非同寻常的麻布（见下文）。老太婆把麻布拿到了国王那儿（§）。他下令让纺织这块布的人缝一件衬衫（难题——3）。姑娘缝出了衬衫（解答——P）。国王派人去找姑娘（§），举行婚礼和加冕式（C˙）。

这个例子初看起来不是很明晰。不过，纺纱、织布和缝纫显然是一个成分的三重化。缝纫是对国王出的难题的解答。缝衬衫的任务的确是道难题，顺便说一句，看来是由于谁都缝不出来，国王才通过老太婆宣布："既然有人能够纺织出这样的麻布，就请你用它缝一件衬衫吧。"由此可见，纺纱和织布同样是对难题的解答，而难题本身略去了。这是解答在先的例子（P˙）。先做出解答，然后再告知难题。顺便说一句，这可以从姑娘说的话中看出来："我知道这件事非我不可。"她对难题有先见之明。买亚麻和造织布机都属于转交宝物。亚麻确实没有什么神奇之处，但它是完成任务的手段。织布机在很大程度上带有神奇的性质。解答第三道难题并没有事先得到什么宝物，但可以假定这里是漏掉了转交某种具有神奇特性的缝衣针。接下去我们会看到在这个回合里似乎没有开场，但所有行动都是从国王无妻的情境中引发而来的。这虽没有用话说出来，但姑娘的行动始终受制于这一情境。她拥有未卜先知的能力。买亚麻等东西，都是她追求未婚的国王引发的。如果这个成分用符号a^1标出，那图式便是：

$$[a^1] \left\{ \begin{array}{l} Z3 - {}^*P \\ Z^4 - {}^*P \\ 3 - P \end{array} \right\}$$

105号。II. 用符号$Д^8 - \Gamma^8$来标示与母马的交锋。驯马一般不作为一个功能项（参见表五，83），这里它是作为Z^8——转交充当相助者的小马驹作为铺垫的D^8使用的。

113号。这个故事已经做了逐字逐句的分析，参见本书第九章的个案分析。

114号。哥哥叫妹妹坐在羽毛褥子上，用未予归类的代码Πp标示。木偶们的行动，在它们的歌唱声中姑娘沉入地下，用代码Cn标示——以隐藏获救。

115号。在故事文本中对假冒主人公的惩罚接在正面主人公成婚之后。

123号。这个故事在正文中有详细的分析。参见本书附录《进一步的分析例证》中"6.四个回合的故事分析举例"。

125号。 两个无关紧要的片段未列入图式。

127号。 一个比较复杂的例子。商人之女。国王的未婚妻（i；平铺直叙）。她去了国王那里（外出——e^3）。女仆骗她去散步（欺骗性的劝说——r^1），她上了当（主人公的反应——g^1）。女仆刺瞎了她的双眼，自己暗中替换了她（使失明，偷换——A_{12}^6），潜入未婚夫的王宫（不被察觉的抵达——X）。女主人公住在牧人家里，请牧人给她买来绸缎和丝绒，缝了一顶奇妙的王冠（购买、制作神奇之物——Z_4^3）。凭借王冠她骗回了双眼，将它们安回原处，于是重见光明（借助诱饵得到所寻之物——$Л^3$）。姑娘在夜里突然醒来发现身在王宫里（摇身一变——T^2）。国王看见了宫殿，叫姑娘去做客（§）。女仆命令宪兵们将姑娘关起来（企图打死主人公——$Пp^6$；执行与 A^{13} 同化，命令带回心脏）。老人掩埋了残余的尸体，从埋尸之处长出一片果园（通过变身获救——Cn^6）。当上了王后的女仆下令砍掉果园（$Пp^6$）。果园变成了石头的（Cn^6）。根据既定模式[1]出现了一个小男孩从王后那里骗来了心脏（$Л^3=Cn$）。姑娘突然现身（文本不很清楚，所有地方都是 $Л^9$ ——复活）。接下去是认出（У）和揭露（О）——未婚妻说出了一切。接下去是惩罚和举行婚礼（H，$C^{·}$）。

三次追捕中的最后一次与 A^{13} — $Л^3$ 同化（下令杀人，借助诱饵得到）。

131号。 这个故事在本书正文中有详细分析。参见本书附录

1　原文为拉丁文。——译者注

《进一步的分析例证》中的"1. 通过'交锋与战胜'（Б—П）母题展开的一个回合的简单故事之分析"。

133号。 这个故事在本书正文中有详细分析。参见本书附录《进一步的分析例证》中的"4. 通过与对头作战和将他战胜（Б—П）开场的两个回合的故事之分析"。

136号。 难题及其解答（3—P）接在举行婚礼之后（C*）。

137号。 在把公主弄到手后（Л），她逃跑了。主人公使她归来。这个成分没有预定的代码。

138号。 第三个回合插入第二个回合的R^1和$Л^4$两个成分之间。

139号。 这个故事在本书正文中有详细分析。参见本书附录《进一步的分析例证》中的"5. 两个回合的故事之分析"。

140号。 Z^7（获得神奇的赠物）与R^6（主人公的空间移动）挪动了位置。

141号。 在情节展开之前详细讲述了四兄弟的奇异登场。

145号。 这个故事的出场主人公是七个兄弟——西梅翁七兄弟。一般这几个兄弟是当主人公的相助者，此处他们始终一起作为叙事的主人公。到手的公主试图逃跑，她被捉住了。参见上文第137号故事。

150号。 较复杂的一个例子。

I. 庄稼汉和三个儿子（初始情境——i）。老大去商人那儿当长工（↑），但受不了苦，回家来了；二儿子的经历也一样（考验Д¹，主人公没有经受住——$Г^1_{neg}$，归来——↓）。小儿子出发了。干的活儿一样，主人公骗过东家经受住了考验（考验Д¹，主人公的正面反应——Γ^1）。长工一下子杀死一头四个庄稼汉牵来的公牛，显示了自己的力气（经受住考验——$\text{Д}^1\Gamma^1$）。商人开始害怕这个长工（下一步情节的缘由）。他谎称丢了一头母牛，他派长工去找（B^2——寻找），长工就出发了（$C\uparrow$），捉到了一只熊（Л^7），归来（$\downarrow$）。

II. 商人更加害怕（缘由），派长工去讨一笔据说是借给鬼的钱（钱缺失——a^5，寻找——B^2）。主人公出发（答应——C，出发——$\uparrow$）。跟鬼进行了三次比赛（比赛——Б^2，在比赛中占上风——Π^2）。得到很多钱（靠计谋或力气直接获得——Л^1；几个无关情节发展的细节略过）。归来（$\downarrow$）。商人携妻子避开长工逃跑，长工施展计谋紧随其后。一般是主人公逃跑，对头追捕他（孩子们从老妖婆那儿逃跑之类）；这里是相反的情形：对头逃跑，主人公追捕他（$C\text{п}—\Pi\text{p}$）。长工杀了商人（惩罚——H），将他的财产归为己有（结尾时的金钱奖赏或其他的致富形式——c^3）。这个故事在大致保留着神奇故事的结构及其许多母题的同时，已经是神奇故事向现实故事的过渡了。

153号。这个故事里的结尾不能纳入图式（N）。一个捉了鬼放进袋子里的士兵和他从它们手中救出的公主往家走。在一家小饭馆里老妖婆打开了装鬼的袋子，鬼都逃了出去。这就偏离了规范，按照规范对头任何时候都不会不受惩罚而获救。

154号。故事有一个后续，它在刚一开头就被打断了，因此在这里不予解释。

155号。故事添加了一个非同寻常的结尾：路上遇到的一个小男孩在乞讨，他变成了一头狮子，先撕碎了一个兄弟，然后又撕碎了另一个。这个故事上文进行过详细分析，参见本书附录《进一步的分析例证》中的"8.有两位主人公的故事分析举例"。

159号。 有四个回合交织在一起的复杂故事。

I. 伊万王子与三个妹妹（i）。父母临终（长辈死亡——e^2），给儿子留下遗言，让他把妹妹们嫁给最先来求婚的人（转化了的禁令）。雷雨中出现了一只雄鹰，它要带走大女儿（重复三次，另外是一只大雕和一只渡鸦——A^1）。伊万很寂寞，他出发去找妹妹们（$C\uparrow$）。

II. 在路上他碰到一伙被玛利亚·莫列夫娜打败的队伍（虚假的开场；击溃军队的母题未发展下去；主人公以这种方法认识了玛利亚，从功能上说这是一个承上启下的环节 B）。他接着走（↑）。走到了玛利亚那里并跟她结了婚（主人公成婚——C^*）。

III. 玛利亚·莫列夫娜前去打仗。在这种情况下这不是开场，而是家庭成员之一外出，为灾难的发生做了铺垫（e）。禁止主人公进入一间贮藏室（禁止——δ^1），主人公打破禁令（b^1）。在下屋里用锁链捆着科谢依，他扯断锁链，飞了出去，劫走了玛利亚（A^1）。伊万出发去寻找她（↑）。

I.（第一个回合的结尾）。他在路上找到了他几个妹妹（$Л^4$）。

III.（后续发展）。他把各种能发出灾难信号的东西留在了妹妹们那里（转交信号器——s）。没费什么事就找到了玛利亚·莫列夫娜（消除灾难作为前述行动的直接结果——$Л^4$），归来（↓）。

IV. 科谢依追上来杀了主人公，又把妻子劫了回去（A_{14}^1——

劫人，杀人）。作为信号器的东西发出灾难信号（B^4）。大雕妹夫靠活命水救活了他（$Л^{IX}$），他找回了妻子（$Л^4$）。

V. 他请求妻子向科谢依打听在什么地方可以弄到一匹神马（a^2）。玛利亚·莫列夫娜给了他一块手帕，这块手帕能变成一座桥（Z^1）。他渡过了火焰河（↑R）。路上救了一只鸟（$Д^5Г^5z^9$——三次）。来到老妖婆那里。她要他救她的母马一命（赠予者的难题——$Д^1$）。借助那些被他救过的动物任务得以完成（$Г^1$）。他偷了老妖婆的一匹神马驹（Z^8），逃跑（↓）。老妖婆想追上他（Пр），但跌入火焰河里（Сп）。主人公带回了玛利亚·莫列夫娜（Л），科谢依飞着追他们（Пр），他们获救（Сп），伊万杀死了科谢依（惩罚——H），回到家中（↓）。

160号。这个故事是前一个故事（159号）的十分接近的变体，此处不做分析。

162号。蛇妖抓走了公主的消息，主人公不是在故事开头就知道，而是在故事的中间得知的。在取胜之前，主人公得到了一个蛋——科谢依的命根子。

163号。故事《布赫坦·布赫坦诺维奇》（类同《穿靴子的猫》）包含了同神奇故事一样的成分，但是以逗笑的讽刺性模拟来处理。回到家举行了婚礼之后，狐狸欺骗了路上遇到的咕咕鸡、渡鸦和蛇，杀了它们，还替布赫坦和他的妻子侵占了它们的财产。举行婚礼之后的类似母题由于这个故事的风格以及情节的诙谐讽刺式的处理而打破规范。

164号。用欺骗手段娶了公主的科兹玛返回家中，狐狸用尽骗术让他在未婚妻面前继续假装成一个富人。他杀死了蛇王兹米乌兰并夺得他的王国。这个结局可以视为主人公在娶公主时改变身份的母题的喜剧式，逗笑讽刺性摹拟处理，只是这里被放在婚礼之后。这个故事可以看作前一个故事的变体。

166号。从关于叶梅利亚的故事的两个变体中选择了一个比较短的故事。国王将女儿嫁给了一个傻子，并下令把他们放入桶中扔进海里。这个情形可以看作第一回合的结尾（成婚——$C^{\cdot}$），同时又是第二回合的开头（关入桶里并扔进大海——A^{10}）。

167号。故事有一个后续部分，内容是赶走了女儿和外孙的国王遭到羞辱。这是第二个回合的结尾，放在了第三个回合结束之处。

省略标记表

大部分符号就是定义的首字母（O —— обличение，揭露；У —— узнавание，认出；H —— наказание，惩罚；等等）。如果定义是由几个词组成的，就取关键词的首字母（Д —— первая функция дарителя，赠予者的第一项功能；Г —— реакция на неё героя，主人公对其的反应）。对某些符号来说一个俄语字母不够用了（会有较多重复），追捕与获救的代码是 Пр 和 Сп。对某些功能项来说不得不使用拉丁字母，拉丁字母表示德语词的首字母，例如 Z 表示 Zaubergabe（神奇的赠物）或 Zaubermittel（宝物），R 表示 Raumvermittelung（空间移动）。开场部分用了三个拉丁字母 A，B，C。铺垫部分在所需之处用了成对的小写字母 e，б — b，в — w，г — g。

铺垫部分：

i —— 初始情境；e^1 —— 长者外出；e^2 —— 长者亡故；e^3 —— 幼者外出；$б^1$ —— 禁令；$б^2$ —— 命令；b^1 —— 破禁；b^2 —— 执行命令；$в^1$ —— 加害者刺探有关主人公的消息；$в^2$ —— 主人公探听有关加害者的消息；$в^3$ —— 通过别的人物探听以及其他情形；w^1 加害者得知有关主人公的信息；w^2 —— 主人公得知有关加害者的信息；w^3 —— 其他情形；r^1 —— 加害者的欺骗协定；r^2 —— 他使用宝物；r^3 —— 欺骗的其他形式；g^1 —— 主人公对加害者建议的反应；

g^2——主人公机械地落入魔法的作用下；g^3——主人公落入加害者的骗局或机械地对它产生反应；x——订立欺骗性约定时的初步的灾难。

A——加害：

A^1——劫人；A^2——宝物或相助者被窃；A^{II}——强行抢走宝物；A^2——毁坏庄稼；A^4——白昼的光明被窃；A^5——其他形式的窃取；A^6——肢体残害，使失明；A^7——导致失踪；A^{VII}——使遗忘未婚妻；A^8——要求交付或诱骗，偷走；A^9——驱逐；A^{10}——投进水里；A^{11}——施魔法，使变身；A^{12}——暗中偷换；A^{13}——下令杀害；A^{14}——杀害；A^{15}——监禁；A^{16}——强行成婚的威胁；A^{XVI}——在亲人之间强行成婚；A^{17}——食人以及食人的威胁；A^{XVII}——在亲人之间相食；A^{18}——吸血（疾病）；A^{19}——宣战。

a——缺失：

a^1——缺未婚妻，缺一个人；a^2——缺相助者，缺宝物；a^3——缺奇异之物；a^4——缺装着命根子（爱情）之蛋；a^5——缺钱，缺食物；a^6——其他形式。

B——调停，承上启下的环节：

B^1——下诏；B^2——寻找；B^3——放行；B^4——以各种形式通报灾难；B^5——带走；B^6——放走并饶恕；B^7——唱哀歌。

C——开始的反抗：

↑——主人公离家出发。

Д——赠予者的第一项功能：

$Д^1$——考验；$Д^2$——问候，探听；$Д^3$——请求死后效劳；$Д^4$——俘虏请求释放；$\dot{Д}^4$——在事先的囚禁中同样的请求；$Д^5$——请求饶恕；$Д^6$——请求分配；$Д^7$——其他请求；$\dot{Д}^7$——事先将求助者置于无助状态的情况也是如此；$Д^7$——赠予者处于无助状况而未提出请求；效劳的可能性；$Д^8$——企图消灭；$Д^9$——与怀有敌意的赠予者搏斗；$Д^{10}$——提议交换宝物。

$Γ$——主人公的反应：

$Γ^1$——经受住考验；$Γ^2$——礼貌的答问；$Γ^3$——为死者效劳；$Γ^4$——被放走的囚徒；$Γ^5$——饶恕请求者；$Γ^6$——为争执者裁决；$Γ^{VI}$——欺骗争执者；$Γ^7$——各种其他的效劳或实现请求，虔诚的行为；$Γ^8$——消灭的企图被预先防止，等等；$Γ^9$——在搏斗中获胜；$Γ^{10}$——交换时的欺骗。

Z——掌握宝物：

Z^1——宝物被转交；Z^1——物质方面的赠礼；Z^2——有人指点、制造宝物；Z^3——被买卖；Z^4——被制造出来；Z^3_4——订做；Z^5——寻得；Z^6——自己显现；Z^{VI}——从地下显现；Z^7——宝物被喝下去、吃下去；Z^8——窃得；Z^9——提供效劳，让自己听命于主人公；Z^9——没有召唤口诀的同类情形（"到时候我会对你有用的"之类）；Z^6_9——与提供效劳的相助者相遇。

R——向指定之处移动：

R^1——飞行；R^2——骑乘，搬运；R^3——主人公被引领；R^4——为主人公指路；R^5——主人公使用无生命的通报方法；R^6——血迹指路。

Б ——与加害者交锋：

Б¹ —— 在旷野上的作战；Б² —— 比赛；Б³ —— 玩纸牌；Б⁴ ——过秤（参见第93号故事）。

П ——战胜加害者：

П¹ ——作战获胜；'П¹ ——以消极形式取胜（假冒主人公没应战，藏了起来，而主人公取得胜利）；П² ——在比赛中取胜或占上风；П³ ——赢了牌；П⁴ ——在过秤时占上风；П⁵ ——不战而灭敌；П⁶ ——驱逐敌人。

К ——给主人公打印记，做记号：

К¹ ——在身体上留下记号；К² ——转赠指环或手巾；К³ ——以其他形式。

Л ——消除灾难或缺失：

Л¹ ——运用力气或计谋直接谋得；Л¹ ——还有：一个人物强迫另一个人物谋得；Л² ——由几个相助者一下子谋得；Л³ ——借助诱饵谋得目的物；Л⁴ ——消除灾难是此前行动的直接结果；Л⁵ ——运用宝物眨眼间消除了灾难；Л⁶ ——运用宝物消除贫穷；Л⁷ ——捕到；Л⁸ ——解除魔法；Л⁹ ——使复活；Л^{IX} ——还有，借助事先获得的起死回生水；Л¹⁰ ——解救；ЛZ ——以 Z 的形式消除，即 ЛZ¹ ——转交寻找的对象，ЛZ² ——指点，等等。

↓ ——主人公归来。

Пр ——追捕主人公：

Пр¹ ——在空中飞行；Пр² ——索要犯罪者；Пр³ ——一连串变身为动物的追捕；Пр⁴ ——变身为诱惑之物的追捕；Пр⁵ ——企

图吞食主人公；Πp^6 ——企图杀害主人公；Πp^7 ——企图咬断树。

$C\pi$ ——主人公获救：

$C\pi^1$ ——迅速逃跑；$C\pi^2$ ——扔梳子之类的东西；$C\pi^3$ ——变身为教堂之类逃跑；$C\pi^4$ ——隐身逃跑；$C\pi^5$ ——藏身在铁匠那里；$C\pi^6$ ——一连变为动物、植物和石头；$C\pi^7$ ——预先防止被惑人之物诱惑；$C\pi^8$ ——从吞食企图中获救；$C\pi^9$ ——从杀害企图中获救；$C\pi^{10}$ ——跳上树。

X ——不被察觉的抵达。

Φ ——假冒主人公的非分要求。

3 ——难题。

P ——解答难题：

$\overset{\cdot}{P}$ ——限期解答。

У ——主人公被认出。

O ——假冒主人公被揭露。

T ——改头换面：

T^1 ——新的肉体外表；T^2 ——建成宫殿；T^3 ——新衣服；T^4 ——幽默的或使之合理化的形式。

H ——假冒主人公或加害者受惩罚。

$\overset{\cdot}{C}$ ——举行婚礼和加冕礼：

$C^\cdot$ ——举行婚礼；$C_\cdot$ ——举行加冕礼；c^1 ——允诺的婚事；c^2 ——破镜重圆的婚姻；c^3 ——金钱奖赏（代替公主许婚）和结尾时致富的其他形式。

N ——不明来路或外来的形式。

< ——在路边柱子旁分手。

S ——互交发信号的东西。

Moт. ——缘由。

§ ——衔接。

pos ——功能项的肯定结果。

neg ——功能项的否定结果。

contr ——获得与功能项意义相对立的结果。

阿法纳西耶夫故事的革命前版本里的编号与革命后版本里的编号对应表

1936—1940年出版了阿法纳西耶夫故事集的评注本，其中改变了以前版本的编号：诸异文从用字母（1a，1b，1c，等等）表示被代之以用数字（1，2，3，等等）连贯地表示。在后来出版的该集子的版本中一直保留了这种编号方法。然而在阿尔奈－安德列耶夫的故事情节索引中，以及在1936年以前出版的研究论著中，引文用的都是旧编号。下面是这些版本文本的编号对应表，范围限于在本书中所用到的那些编号。左边表示旧编号，右边则是新编号。

50=93	75=135	101=167	127a=230
51=94	76=136	102=168	128a=232
52a=95	77=137	103a=169	129a=234
52b=96	78=138	104a=171	130a=236
53=97	79=139	105a=179	131=238
54=98	80=140	106a=182	132=239
55=99	81a=141	107=185	133=240
56=100	82=143	108=186	134=241
57=101	83=144	109=187	135=242
58a=102	84a=145	110=188	136=243

59=104   85=148   111 =189   137a=244

60=105   86=149   112a=190   138=247

61a=106   87=150   113a =192   139=248

62a=108   88=151   114a =195   140a=249

63=112   89=152   115a =197   141a=254

64=113   90=153   116a=198   142=256

65=114   91=154   117 =201   143=257

66a=115   92=155   118a=202   144=258

67=123   93a=156   119a=206   145=259

68=125   94=159   120a=208   146a=260

69=126   95=160   121a =210   147=264

70=127   96=161   122a=212   148=265

71a=128   97=162   123 =216   149=266

72=131   98=163   124a=217   150a=267

73=132   99=164   125a=219   151=268

74a=133   100a=165   126a=227

神奇故事的衍化 [1]

一

　　故事研究在许多方面可以与自然界有机物的研究进行比较。无论是科学家还是民间文学专家，都要与同质现象的诸多种类和变体打交道。达尔文提出的"物种起源"问题，也可以在我们的领域提出来。无论在自然王国还是在我们的领域，现象的相似性并未得到准确客观和绝对令人信服的直接解释，它依然是一个需要研究的课题。无论在哪个领域，都可能会有两种观点：或者认为两种表面没有关联也不会有关联的现象的内部相似并没有共同的遗传根源——这是物种独立产生论；或者认为这种形态相似是某种遗传关系的结果——这是认为相似是经由有这样那样起因的变形及衍化途径而产生的起源理论。

　　为了解答这个问题，首先应该阐明故事相似现象的性质问题。迄今为止，这种相似一直是以情节及其变体来定义的。这种方法只有在立足于物种独立产生论的情况下才是可以接受的。这一方法的

1　译自弗·雅·普罗普《民间文学与现实》，莫斯科，1976。——译者注

拥护者不仅不在情节彼此之间进行比较，而且认为这样的比较是不可能的，至少是错误的。[1]在不否认仅从情节相似的观点进行情节比较研究之益处的同时，还可以提出另一种方法，另一种进行比较的单位。可以从组合或结构的观点出发对故事进行比较，那样的话，故事的相似将会从新的角度呈现出来。[2]

可以看到神奇故事的出场人物无论其外表、年龄、性别、职业类别如何不同，其名称以及其他静态标志如何不同，在行动过程中所做的事情都是一样的。稳定因素与可变因素的关系便由此而确定。诸角色的功能项是稳定的因素，所有其他的因素都是可变的。例如：

1. 国王派伊万去寻找公主，伊万出发。

2. 国王派伊万去寻找奇异之物，伊万出发。

3. 姐姐派弟弟去找药，弟弟出发。

4. 后母派继女去找火种，继女出发。

5. 铁匠派长工去找母牛，长工出发。

诸如此类。派遣与出去寻找是稳定的因素。派遣者和出发者、派遣的缘由之类是可变因素。接下去寻找的几个阶段、所遇的障碍之类虽然表面上不一样，但实质上还是可以一致的。可以划分出角

1　阿尔奈在其《故事比较入门》（1913，FFC，No.13）中对这种"错误"提出过警告。

2　我在《故事形态学》中所做的研究正是专门探讨这个问题的，那本书是分册出版的"诗学问题"系列丛书之一。有关报道见1926年的《地理协会故事委员会工作简报》。

色的多个功能项。神奇故事有三十一个功能项。不是所有的故事里都有所有的功能项，但缺少一些功能项并不会对其他功能项的交替顺序产生影响。所有功能项的总和就构成了一个系统，一个结构组合。这个系统显得极为稳固和极为常见。研究者有可能十分准确地确定，诸如古埃及两兄弟有关的故事、火焰鸟的故事、严寒老人的故事、渔夫和金鱼的故事以及一系列神话——可能有一个共同的结构组合，这已经为细节分析所证实。三十一个功能项并未穷尽系统。类似"老妖婆给了伊万一匹马"这样的母题由四个成分构成，其中只有一个是功能项，而其余三个成分带有静态的性质。故事的全部成分，即所有的组成部分约有一百五十个。这些成分中的每一个都可以根据其对情节的意义而命名。例如，在上述例子中，老妖婆是提供赠予的人物，"转交"一词就是指提供这一环节；伊万是接受赠予的人物，马是所赠之物。如果将神奇故事全部一百五十个名称按照故事本身所讲述的顺序抄录下来，那么所有的神奇故事就会被录入在这样的表里；反之，所有被列入这种表里的故事就是神奇故事，所有未被列入的则是其他结构、其他类别的故事。每一个栏目都是故事的一个组成部分，纵向阅读这张表，便会看到一系列基本形式和一系列派生形式。

对这些组成部分应当进行比较，这似乎相当于动物学中对脊椎与脊椎、牙齿与牙齿等的比较。但是，在有机物与故事之间还有一个很大的、使我们的任务得以减轻的区别。前者的一个部分或一个特征的变化会引起另一个特征的变化，而在故事里每一个部分都可以独立于其他部分而改变。很多研究者注意到了这一现象，虽说迄今尚未有人尝试根据此现象做出所有方法论的和其他方面的结论[1]。例如克伦（K. Krohn），他在赞同施皮斯（K. Spiess）关于组成部分具有转移性问题的看法的同时，依然认为要根据整体构成而不是根据各个部分来研究故事，尽管他不曾为自己的立场（对于芬兰学派的代表来说是十分重要的）提出有分量的论据。我们由此得出了那个结论，即可以不依赖这些组成部分进入什么样的情节来研究它们。纵向栏目的研究揭示出了衍化的标准、途径。对于每一个单独成分来说正确的东西，对于由各组成部分机械地联结在一起的整体构造也是正确的。

二

本文并不以解决所有问题为目的。这里可以给出的只是几个基本的路标，它们尔后会成为更为广泛的理论研究的基础。

但就是进行简要的叙述也必须首先转向对衍化的考察，确定能够将基本形式与派生形式区别开的标准。

这些标准可以是双重的：它们可以表现在某些一般性原则中，也可以表现在某些局部规则中。

首先看一般性原则。

---

1 参见 F. 潘策尔（F. Panzer）的《故事、传说与诗》："其作品为拼凑而成，是用五彩缤纷的小石子组成的绚丽图景。这些小石子可以随意替换，因而每一个主题很容易发生变化，所以根本无须费心将它们与深层意义联系起来。"这里显然是在否定稳定组合论或固定关系论。K. 施皮斯将这一思想表述得更为突出和详细（《德国民间故事》，莱比锡，1917）。还可参见 K. 克伦的《民俗学的研究方法》，奥斯陆，1926。

为了确定这些原则，必须联系故事的外围因素、联系它创作和流传于其中的环境来对它进行考察。对我们而言，此处最有意义的是日常生活和广义上的宗教。衍化的原因常常在故事之外，因而不采用取自故事外部的比较材料我们便无法理解其演变。

基本形式就是那些与故事的产生相关的形式。故事自然是产生于生活。但要说到神奇故事，那么它对日常现实生活的反映是十分薄弱的。所有来自现实的东西，都带有派生物的性质。为了解答故事从何而来的问题，我们应该吸取往昔时代广泛的文化材料进行比较。

这里就有一些形式，因各种原因被确定为基本形式，它们与古已有之的宗教观念有着鲜明的联系。不妨做这样一个假设：如果同一种形式在宗教文献和故事里都能见到，那么宗教形式是原生的，而故事形式是派生的。这尤其适用于古代宗教。任何现今已经消亡的古代宗教现象都要比其在现代故事中的艺术运用更为古老。这里自然无法证明这一点。类似的依存关系原本是无法被证明的，它只能在大量的材料中展示出来。第一条基本原则就是如此，它还应当进一步展开。第二条原则可以用以下方式表述：如果同一个成分在两个变体中出现，其中一个是源自宗教形式，而另一个是源自日常生活，那么源自宗教的是原生的，源自生活的是派生的。

不过，在运用这些原则时要相当谨慎。如果我们竭力要将所有的基本形式都看成是源于宗教，而将所有的派生形式都看作源于日常生活的话，那就会犯错误。为了预防犯类似的错误，在对比较研究故事与宗教、故事与日常生活的方法问题进行阐释时，思路必须稍稍开阔些。

可以确定故事与宗教有几种关系形式。

第一种关系形式——就是有直接的渊源关系，这种关系在有的情况下十分显豁，在另一种情况下就需要专门的历史研究。例如，如果说宗教中和故事里都有蛇妖的话，那么它是从宗教进入故事的，而不是相反。

不过，甚至就是在相似性十分明显的情况下，也并非必然就存在这类关系。只有当我们直接拥有祭祀的、仪式的材料才可能证明它的存在，这类仪式材料应该有别于宗教史诗材料。在前一种情况下我们可以提出类似于父子那样的下行亲系的直系血缘问题；在后一种情况下，我们可以谈论的只是平行的亲缘关系，或者打个比方，就是类似于兄弟间的亲缘关系。如参孙和大利拉的故事不能认为是民间故事的原型：无论是与这个典故相似的民间故事，还是圣经文本，都可以发源于一个共同的源泉。

当然，判定祭祀材料的原生性永远要持一定的谨慎态度。但还是有一些情形，这种原生性可以十分肯定地确认。的确，问题常常不在于文献本身，而在于文献所反映的、作为故事基础的那些观念。可我们常常只能根据文献来判断观念。比如说，民间文学家还很少研究的梨俱吠陀就属于这类故事源泉。如果说故事有约一百五十个组成部分是靠得住的话，那么梨俱吠陀所包含的已经不下六十个。它的确不是以史诗的方式，而是以抒情诗的方式保存着它们。但从另一方面说，不要忘记，这是祭司的颂歌，而不是普通老百姓的。毫无疑问，在民众（牧人们和农民们）中这个抒情诗有史诗的折射。如果颂歌赞颂作为斗蛇妖勇士的因陀罗（有时就连细节都与故事一毫不爽），那么民众就会以这种或那种形式讲述因陀罗如何战胜了蛇妖。

让我们用一个更为具体的例证来检验一下这个论断。我们在下面这首颂歌中很容易认出老妖婆和她的小茅屋：

> 林子里的女主人呀，你藏在哪里呢？你为什么不过问一下村子里的事儿呢？你是不是害怕呀？
>
> 当林中百鸟和鸣的时候，林子里的女主人感觉就像伴着铙声出游的王公一样。
>
> 那时就开始出现牛群在吃草。那时你就会想，那里有座小茅屋。那里每逢晚上吱嘎作响，好像四轮大车一样。这就是林子里的女主人啊。
>
> 那里有人在唤母牛。那里有人在砍林子。那里有人大吼了一声。似乎有人在林子里的女主人那里过夜了。
>
> 如果你不去侵犯她，林子里的女主人不会害你。你能吃到甜果子，还能愿意怎么躺着就怎么躺着。
>
> 你散发着草药的芬芳，不事耕种依然食物满仓，林子里的女主人啊野兽之母，我要把你颂扬。

这里出自故事成分的有林中小茅屋，与探问相关的责备（在故事里它是以相反的形式提出的），好客的留宿（供吃供喝，安顿睡觉），指出林中女主人可能有的敌意，指出她是野兽之母（故事里的她能召集野兽）；缺少的是小木屋的鸡足、女主人的全貌等。有一个很小的细节有着惊人的吻合之处：在林中小木屋里过夜的那个人觉得好像有人在伐木。阿法纳西耶夫集子里（阿法纳西耶夫故事集，第99号）的父亲将女儿留在小木屋里之后，把一块木头拴在窗户上。木头发出敲打声，姑娘便说："这是我爹在砍木头呢。"

所有这些吻合之处非但不是偶然的，而且也不是唯一的。这只是故事与梨俱吠陀之间不胜枚举的契合中的几例而已。

当然，这种类似不能被看作我们的老妖婆起源于梨俱吠陀的证明，它只是强调指出了：就整体路线而言是从宗教到故事，而不是相反，而且此处必须开始进行准确的比较研究。

不过这里所说的一切只有在这种情况下才是正确的，即假如在宗教与故事之间有着漫长的时间距离，假如被研究的宗教已经消亡或其发端已在史前期的往事中消失。当我们对同一个民族现存的宗教和现有的故事进行比较时，事情就不是这样了。这里可能是一种相反的依存关系，这种关系在已经消亡的宗教和当代故事之间是不可能的存在。故事里的基督教成分（使徒充当相助者，鬼充当加害者，等等）在此比故事出现得晚，而不是像上述例子里那样要比它古老。严格地说，这里不能说就是一种与上述例子相逆的关系。（神奇）故事发源于古代宗教，但现代宗教并不是发源于故事。宗教并没有创造故事，只不过是改变它的材料而已。但是，大约也还是有一些不多见的确实具有相反依存关系的情形，即那些宗教本身的一些成分源于故事。圣乔治战蛇妖的奇迹被西方教会圣化的历史提供了一个很有趣的例子。这个奇迹被封圣比圣乔治的圣化晚许多年，而且圣化还遭到了来自教会方面的顽强抵制。[1]因为斗蛇妖在许多异教中都有，它是来源于异教才对。但是到了十三世纪，当这些宗教已经销声匿迹时，就只有民间史诗传统来担当起传承者的作用了。一方面圣乔治广为人知，斗蛇妖也家喻户晓；另一方面，这使得圣乔治的形象同斗蛇妖合而为一，于是教会不得不承认成为既定事实的融合并将其圣化。

最后，除了故事和宗教有直接渊源关系，除了平行及反向依存关系，还可能有尽管相似却毫无关联的情形。相同的观念可以彼此独立地产生。例如，可以与神马相比的有德国的圣马和梨俱吠陀里的火神马阿格尼，前者与大灰马－大黄马没有什么共同之处，后者则在所有标志上都跟它吻合。只有当相似达到了相当充分的程度，那时才可以运用它。那些尽管相似但属于他律的现象应该排除在比较之外。

这样说来，对基本形式的研究应该使研究者关注比较故事与宗教的必要性。

相反，对神奇故事中派生形式的研究则与现实生活相联系。整个衍化系列都可以用现实生活对故事的入侵来解释。这迫使我们要对研究故事与日常生活关系的方法问题加以阐述。

有别于其他种类（笑话、短故事、寓言等）的故事，神奇故事中日常生活的因素相对贫乏，在故事创作中日常生活的作用常常

1　J. B. 奥夫豪泽（J. B. Aufhauser）《希腊传统和拉丁传统中的圣乔治斗蛇妖》，莱比锡，1911。

被过高估计。只有铭记艺术现实主义和具有日常生活因素——是不同的概念且不总是互相等同——我们才能够解答故事与日常生活关系的问题。研究者们在为现实主义的叙述寻找日常生活基础时，常常会犯错误。

比如说，H. 莱纳（Н. Лернер）在其对普希金《波瓦王子》的解释中就是这样说的。他注意到了这些诗行：

> 是呀，这真是一个出色的议会，
>
> 这里不讲空话，只是在考虑：
>
> 达官贵人们在久久地考虑。
>
> 年高德劭的阿尔扎莫尔，
>
> 张了张嘴（这位白发苍苍的人想提点忠告，弄明白点什么），
>
> 他大声咕噜了一下，却又改变了主意，
>
> 还是咬住舌头沉默不语。

诸如此类（所有议员都默不作声昏昏欲睡）。

莱纳援引 Л. 玛依科夫（Л. Майков）的话，写道："对大贵族议会的描绘可以认为是对莫斯科公国时期的罗斯政府制度的讽刺……我们发现讽刺所指不仅仅是针对旧时代，而且针对当代。一个天才的青年人可以毫不费力地在他所处时代的生活中找到打着鼾

的'沉思'者的大集会。"诸如此类。[1]然而，这里只是一个纯粹的故事母题而已。在阿法纳西耶夫的集子里（如第141号故事）可以找到："问了一次——大臣们大气不出，又问了一次——还是没人应声，第三次问——谁都一言不发。"这里我们看到的是遭难者求助的寻常环节，并且它一般都做三遍。它先是求助于女仆们，然后是求助于大臣们（书记们、部长们），第三次就是向故事主人公求助了。这三位一体中的每一个成员（照样）也可以再三重化。这样说来，出现在我们面前的不是日常生活，而是民间文学成分的标准和铺陈（加上名字之类）。如果我们认定荷马史诗中珀涅罗珀的形象及其求婚者的举动是与古希腊的生活、婚姻习俗相一致的，那我们也会犯类似的错误。珀涅罗珀的求婚者是几乎通行于全世界的史诗里的虚幻求婚者。首先应该将这里的民间文学成分划分出去，只有在进行过这样的划分之后，才谈得上荷马史诗特有的因素与古希腊生活相一致的问题。

这样一来，我们就会看到，关于故事与日常生活的问题远不是那么简单。不能直接从故事来推断日常生活。

但是，如我们在下文将要看到的，在故事的衍化中日常生活起了巨大的作用。日常生活不会打破故事的总体结构，但故事可以从日常生活中为各种各样的新老更替吸取材料。

1　普希金，《文集》第一卷，圣彼得堡，1907，第204页。（中译本见《普希金抒情诗全集》第一集，湖南文艺出版社，1993年，第77页，本译文与其有出入。——译者注）

三

据以区别一个故事（指神奇故事）成分的基本形式与派生形式的最为重要的确切标准如下：

1. 对神奇故事组成部分的幻想式解释先于（古老于）纯理性的解释。

这种情形非常简单因而无须特别展开。如果在一个故事里伊万是从老妖婆那里得到了神奇的赠物，而在另一个故事里是从一个过路的老太婆那里得到的，那么前一种情形比后一种情形古老。这一观点从理论上可以用故事与宗教的关系来说明。不过，这一观点对于其他类的故事（寓言之类）会不相宜，其他类的故事就整体而言或许比神奇故事古老，自古以来就是现实的，并非起源于宗教观念。

2. 英雄主义的解释先于幽默的解释。

实质上这里是上述情形的局部现象。例如，打牌赢了蛇妖就比同它进行殊死战斗要出现得晚。

3. 合乎逻辑的运用形式先于无条理的运用形式。[1]

4. 国际形式先于民族形式。

例如，如果说蛇妖几乎遍布全球，而在某些北方故事里它被熊所代替、在南方故事里被狮子所代替，那么蛇妖就是基本形式，

1　见 И. В. 卡尔娜霍娃（И. В. Карнахова）《扎奥涅日日的故事与讲故事者》一文中所举的例子，载《苏联的农民艺术》文集第一辑，列宁格勒，1927。

而熊与狮子是派生形式。

　　关于故事的国际研究的方法这里还要说几句。材料是如此之多，要全部研究全世界故事的一百五十个成分对于一个研究者来说是不可能的。必须先研究清楚一个民族的故事，弄清其所有的基本形式和派生形式，再对其他民族做如是研究，之后才能转向比较。

　　因此，有关国际形式的论题可以这样来判断和表述：任何一个各民族共有的形式要先于地方性的形式。但是，既然踏上了这条道路，就无法不接受这样的说法：广为流传的形式先于个别出现的形式。然而从理论上说，很可能古老的形式正是保存在一些个别的例子里，而其余的广泛形式才是后产生的现象。因此在采用这条数量性原则（运用统计学）时要极为谨慎并一定要考虑到所研究材料的性质。例如，在故事《美丽的瓦西里莎》（阿法纳西耶夫故事集，第104号）里，老妖婆的出现与象征着早晨、白天、黑夜的三位骑士的现身相伴随。有一个问题不由得会产生出来：我们在此看到的是否是老妖婆所特有的、在其他故事里已经丧失了的根本特征？但经过多次反复斟酌（在此不必一一列举），我们认为这种看法必须彻底放弃。

四

　　为举例说明，我们将仔细研究一个成分的所有可能的变化，这个成分就是老妖婆的小木屋。从形态学的角度看，小木屋是赠予者（即给主人公提供宝物的人物）的居所。就是说，我们将要比较的不仅仅是小木屋，而且还要在赠予者居所的所有类型之间进行比较。我们认为，位于林中、能够转动的鸡足小木屋是基本的俄罗斯的居所形式，但因为一个成分不能提供故事中所有可能的变化，那么在某些情况下就会采用其他一些例子。

1. **简化**。我们可以发现用以下一系列变化形式来代替完整的形式：

（1）林中的鸡足小木屋；

（2）鸡足小木屋；

（3）林中小木屋；

（4）小木屋；

（5）树林，针叶林（阿法纳西耶夫故事集，第95号）；

（6）居所未被提及。

这里的基本框架被简化了，被舍去的有鸡足、转动、树林，最后，连小木屋本身也会消失。简化乃是不完整的基本框架。它自然可以用忘却来解释，而忘却也会有更为复杂的原因。简化表明故事与其所处环境整个生活方式的不相称，表明故事在该环境中或在该故事讲述者所处的时代现实意义很薄弱。

2. **扩展**。这是一种相反的现象。这里的基本框架被扩展、补充了细节。以下形式可以认为是被扩展了：

林中的鸡足小木屋，薄饼作梁柱，馅饼作屋顶。

扩展大多伴之以简化。一些标志被舍去了，又添加上了另一些。扩展可以根据其来源标志划分成不同的类别（如下文对更替的划分）。一些扩展出自日常生活，另一些是对故事规范进行了细节上的拓展。我们在此看到的就是后者。对赠予者的研究指出，在这个人物身上并存着敌对的性质和好客的性质。伊万通常会在赠予者那里受到款待，这种款待的形式十分多样（"给吃给喝"）。伊万对小木屋说："我们要钻到你里面去，面包盐巴拿来吃。"主人公在小木屋里看到了一张摆满食物的桌子，每样好吃的都尝了尝或者饱餐一顿；他自己在赠予者家的院子里宰牛杀鸡；等等。赠予者的这一性质在其居所里也表现出来。在德国故事《汉赛尔与格莱特》里这一形式运用得略有不同，这与整个故事的童话性质相符合。

3. 损毁。因为总的来说神奇故事现在已经没落，所以损毁就成了司空见惯的事。这类已发生了损毁的形式有时还广为流传并且扎下了根。对于小木屋而言，关于它围绕着自己的轴一直转动的观念就可以认为是一种损毁。小木屋对情节进展有着十分特殊的意义：它是一道哨卡；在此主人公要经受考验，看他是不是配得到宝物。小木屋关闭的一面朝着伊万，小木屋由此有时被称作"无门无窗的小木屋"。小木屋敞开门的一面背朝着伊万。绕到小木屋正面从门走进去似乎是很容易的事。可伊万在故事里不能这么做，他从来没这么做过。他不是走进去，而是念咒语"你背朝树林面朝我"，"你照你母亲安顿的样子立在那儿"，等等。在文本里通常接着就是"小木屋转了过来"。这个"转了过来"变成了"转动着"，"当需要时就转过来"的说法干脆变成了"转过来"，失去了本义，但未失去某种特有的鲜明色彩。

4.颠倒。基本形式常常变成其对立面。比如说，女性形象被换成男性形象以及相反。这一现象会涉及农舍。我们有时看到的小木屋不是闭门不纳，而是门户大开的。

5—6.强化和弱化。这些衍化形式仅为故事人物的行动所特有。同样一些行动可按不同强度来完成。将派遣主人公变成将他驱逐出去可以作为一个强化的例子。派遣是故事的稳定性成分之一，这个成分以大量的各种各样的形式体现出来，因而可以追踪研究所有不同程度的转换。派遣可以通过不同的形式出现，常见的是请求出发去弄这种或那种稀奇之物。有时这个托付（"给我帮个忙吧"）常常也是命令，未完成的情况下就带上了威胁，完成了则伴之以许诺。接下去这个环节还可通过假装驱逐的形式出现：坏姐姐为了摆脱弟弟让他去找兽奶；主人让长工去林子里找好像走失了的母牛；后母让继女去老妖婆那儿找火种。最后，我们看到的就是直接的驱逐。这是一些基本的阶段，其中每一个都会有一系列的变异和过渡形式，在研究被驱逐者的故事时它们特别重要。可以认为伴随着威胁和许诺的命令是派遣的基本形式。如果略去许诺，那么这样的简化同时也可以被看作一种强化——只留下伴有威胁的派遣。略去威胁就造成了这一形式的弱化。更进一步的弱化是完全略去派遣，儿子离家时请求双亲为他祝福。

以上考察的六种衍化可以理解为基本框架在某种程度上的改变。除此之外还会遇到两大类衍化，这就是替代和同化。无论前者还是后者，都可以根据其来源进行考察。

7. 故事内部的替代。接下去在观察赠予者的居所时，我们会发现以下形式：

（1）王宫；
（2）火焰河畔的山。

这些情形既不是简化，也不是扩展之类。一般来说这不是改变，而是替代。不过，该形式不是取自外部，而是来自故事本身的储备。发生了形式、材料的移动和重新排列。在王宫里（常常是金色的）一般都住着公主。这个居所归属于赠予者。故事里的这类移动起着非常大的作用。每一个成分都有它特有的形式，不过这个形式并非总是固定于该成分（例如，公主一般是被寻找的人物，可以扮演赠予者的角色，还可以扮演相助者的角色，等等）。一个故事形象可以替代另一个形象。比如老妖婆的女儿可以扮演公主的角色，与之对应老妖婆便不再住在小木屋里，而是住进了王宫——这原本是公主的居所。这里要说到铜宫、银宫和金宫。住在这些宫里的姑娘们同时身兼赠予者和公主。这些王宫可以作为金宫的三重化而出现。它们完全可以独立地出现，与诸如黄金世纪、白银世纪和黑铁世纪之类的概念没有任何关系。

火焰河畔的山也如此，它不是别的什么东西，就是可以归入赠予者之列的蛇妖的居所。

这些移动在诸衍化的形成中起了巨大的作用。大部分衍化都是故事内部的替代或移动。

8. 日常生活替代。如果我们看到的形式是：

（1）客店；

（2）两层的楼房。

那么这里是幻想的小木屋被现实生活中熟悉的居所替代。这类替代大部分都可以点到为止，但也有些替代需要专门的民俗研究。日常生活替代总是引人注目，而最常注意到它们的是研究者们。

9. 宗教替代。现代宗教同样也可以取代古老的形式，以新换旧。这里要说到这样一些情形，如鬼充当空中搬运者的角色、天使充当宝物赠予者的角色，或以带有宗教惩罚性质的考验替代难题（赠予者对主人公的考验）。某些传说是故事的基础，其中所有的成分都经历了类似的替代。每个民族都有自己的宗教替代。基督教、伊斯兰教、佛教在信奉该宗教民族的故事里都有反映。

10. 迷信替代。很显然，迷信和地方信仰同样也可以取代故事材料本身。不过这些替代比乍看时所能期待的要少得多（这是神话学派所犯的错误）。普希金说到故事时也出过错：

那里奇迹迭出，那里有林妖游荡，

美人鱼坐在树梢上。

如果在神奇故事里遇到了林妖，那么这往往不是别的，而只是老妖婆的替代而已。美人鱼在阿法纳西耶夫的整部集子里只出现过一次，而且故事引子的真实性很可疑，而在翁丘科夫、泽列宁、索科洛夫兄弟等人的集子里一次也没有出现过。林妖之所以进入故事，是因为它作为林子里的生灵与老妖婆相像的缘故。故事引入自己世界的只是那种能放进其结构里的东西。

　　11. 古风替代。上文已经指出过，故事的基本形式起源于业已消亡的宗教观念。根据这一点，有时可以区别开派生形式和基本形式。不过，在某些个别情况下，有基本形式（在故事史诗中多少算是平常的东西）被同样起源于宗教源头，但只在极为罕见的情况下碰到的很古老的形式所替代。例如，在故事《巫婆与太阳妹妹》（阿法纳西耶夫故事集，第93号）里出现的不是与蛇妖作战，我们看到的是以下情景，母蛇妖向王子提议说："让伊万王子跟我一起过秤，看谁比谁重。"秤将伊万弹到了太阳宫里。这里我们看到的是秤心（秤灵魂）的痕迹。这个形式从哪里来（它在古埃及为人所熟知）以及它怎样保留在故事里——这一切应该是历史研究的对象。

　　古风替代与迷信替代往往难分彼此。二者（有时）都起源于远古。但如果故事的任何一个对象同时也是当今信仰的对象，那么替代就可能被算作相对晚近的替代（林妖）。多神教可以有两条发展路线：一条是在故事里，另一条是在信仰或习俗里。它们在数百年间会相遇，并且会彼此取代。相反，如果故事的对象不能在当今的信仰（秤）中被证明，那么替代就是起源于远古并可以被算作古风替代。

　　12. 文学替代。文学材料也像当今存在的迷信一样，表现得让人不易理解。故事具有一种抵抗力，其他形式碰到它就会被瓦解：

它们不会合为一体。如果与其他形式遭遇，占上风的总是故事。故事会从其他文学体裁中吸取营养，最多见的是借鉴勇士歌和传说。出自长篇小说的替代要罕见得多。这里只有骑士小说还起一定的作用。然而骑士小说本身常常就是故事的产物。这里的发展是按阶段进行的：故事—小说—故事。因此像《叶鲁斯兰·拉扎列维奇》这样的作品，就结构而言是极为纯粹的故事，尽管它的个别成分具有书面性质。当然了，这里所说的只是神奇故事。诙谐故事、短故事以及其他种类的民间散文要更灵活、更容易受影响。

13. 变形。有一些替代无法确切判定其来源。最常见的就是那些创造性的替代，追根寻源不过是出自讲故事者的幻想而已，而且从民俗学或历史的角度看，这些形式没有什么特征性。不过必须看到，这些替代在动物故事及其他故事里发挥的作用比神奇故事要大（以狼代替熊，以另一只鸟代替这只鸟，等等）。当然，它们也可能出现在神奇故事里。例如，充当空中载运者的可能会是鹰、隼、渡鸦、大雁等，作为被寻找的稀奇之物可以互相替代的有金角鹿、金鬃马、金毛鸭、金鬃猪等。尤其常见的变形是那些对于基本框架来说是派生的形式。可以通过一系列形式的比较指出，所寻找的稀奇之物不是别的，往往就是发生了衍化的被寻找的金发公主。如果说基本形式与派生形式进行比较显示出某种自上而下的路线，那么两种派生形式进行比较揭示出的则是某种平行现象。故事里有这样一些成分，它们具有特殊的形式多样性。这里可以举出的例子如难题。既然无法提供基本型的难题，那么对于故事来说其结构的完整性就无关紧要了，这些替代就是如此。

在比较那些就整体而言从不曾属于故事基本形式、从不曾进入故事组织的部分时，这种现象表现得更加突出。缘由就属于这类成分。但各种衍化有时会创造出说明这种或那种行为缘由的必要性，由此造成完全一样的行为具有极其多样的缘由。例如，驱逐主人公可以用各种各样的方法来说明缘由（驱逐是派生物）。反过来，蛇妖劫持姑娘（原生性质的形式）表面上几乎从不用说明缘由：其缘由是从内部得到说明的。

小木屋的若干标志也经受了变形：我们看到的有"羊角上的"小木屋、"绵羊腿的"小木屋代替鸡足小木屋。

14. 不明来源的替代。 因为替代在此是按照其来源标志排列的，而成分的来源并不总是简单的变形，那么就应该单列出一类暂且不明来源的替代。例如，阿法纳西耶夫故事集第93号故事里的太阳妹妹故事就属于这类形式。"小妹妹"担当着赠予者的作用，也可作为公主的遗存形式进行研究。她住在"太阳宫"里。这里是否反映了某种太阳崇拜，或者这里是讲故事者的创造力在起作用，或者这一形式是故事收集者们向讲故事人提示的（这在对讲故事人进行访谈时是常有的事，问他是否知道这个或那个故事，是否碰到过如此这般的情形，有时讲故事人为了满足收集者，会编造点东西）——这就不得而知了。

替代问题谈到此为止。当然，似乎还可以在一些个别情形的运用中创造出若干变体，但现在无此必要。论及的替代对所有故事材料都有意义，而运用于个别情形时，不难借助于所论及的情形进行推断和补充。

我们现在转向另一类的变化，这就是同化。

同化指的是一种形式被另一种形式进行了不完全的替代，而且两种形式合而为一。

因为同化是按与替代相同的类别排列的，那么就可以十分简要地将它们列举出来。

15. 内部同化。我们在以下形式中可以看到这一情形：

（1）金顶小木屋；

（2）火焰河畔的小木屋；

故事里常常会出现金顶的宫殿。小木屋＋金顶宫殿就成了金顶小木屋。火焰河畔的小木屋情况亦同。

在故事《费奥多尔·沃多维奇和伊万·沃多维奇》（翁丘科夫故事集，第4号）中有一个很有意思的例子。这里是主人公的奇异诞生和他被蛇妖的妻子（姐妹）追捕这两个不同种类的成分发生了同化。蛇妖的妻子们追捕主人公时，通常会变成水井、云彩、床置于伊万走的路上，如果他尝了果子、喝了水等，他就会被撕成碎片。这个母题是以如下方式用于奇异诞生的：公主在父王的宫殿里散步，看见了一口旁边搁着一只酒盅的水井和一张床（苹果树被遗忘了）；她喝了水，躺在床上休息了一下；她因此而怀孕并生下了两个儿子。

16. 在以下形式中可以看到生活同化：

（1）村边的小木屋；

（2）林中的洞穴。

在这里幻想中的小木屋变成了现实的小木屋和现实的洞穴，但保留了孤零零的（在一个例子中是位于林子里）居所状况。这样故事＋现实就成了生活同化。

17. 以鬼来替代蛇妖可以作为宗教信仰同化的例子，不过鬼像蛇妖一样，也住在湖泊里。关于水怪的这类观念与所谓农民的低级神话可以没有任何共同之处，它常常只是被解释为衍化的类型之一。

18. 迷信同化很少见。住在鸡足小木屋里的林妖可以作为一个例子。

19－20. 文学同化和古风同化就更少见了。对于俄罗斯故事来说，与勇士歌和传说的同化有一定意义，但这里更多见的不是同化，而是在保存故事组成部分的同时，以一种形式取代了另一种形式。至于古风同化，它们每次都要求进行特别的考察。它们是可能的，但要将它们揭示出来只能借助于非常专门的研究。

对衍化类型的概述可以到此打住。所有故事形式是否全都能纳入该等级表尚无法断定，但至少有相当多数量的形式是可以纳入的。还可以举出诸如**特定化**与**泛化**之类的衍化。前一种情形是一般现象变成了特殊现象（赫瓦棱斯克城代替了极远之国），后一种情形相反——（极远之国变成了"另一个别的国家"，等等）。但几乎所有的特定化都可以看作替代，而泛化则可以看作简化。这就涉及合理化的问题（飞马＞马），涉及向笑话之类的转变。正确并且合理地运用这些衍化，为在故事的运动过程中对其进行研究奠定了牢固的基础。

涉及故事个别成分的东西，也涉及整个故事。如果补充上多余的成分，出现在我们眼前的就是扩展，反之，就是简化之类。将这些方法用于整个故事，对于故事情节与情节之间的研究很重要。

还有一个十分重要的问题我们要加以说明。

如果记录一个成分的所有的情形（或者说很多情形），那么不是一个成分的所有形式都能归入某一个基本形式。我们假定将老妖婆作为赠予者的基本形式，诸如巫婆、老村婆、寡妇、老婆子、老头子、牧人、林妖、天使、鬼、三个姑娘、国王的女儿等形式都可以顺理成章地解释成老妖婆的替代和其他衍化。但我们还看到有胡子一肘长、指甲那么小的庄稼汉，这样的赠予者形式不是出自老妖婆。如果这种形式也出现在宗教里，那么我们眼前看到的就是与老妖婆协调一致的形式；如果没有，那我们眼前看到的就是不明来源的替代。每个成分都会有若干基本形式，尽管这些平行的、共存的形式数量一般不大。

五

假如我们不指出在某些更加突出的材料中的一系列转化，不指出运用我们的观察的范例，我们的概述便是不完整的。拿以下形式来说：

蛇妖劫持了国王的女儿；

蛇妖折磨国王的女儿；

蛇妖索要国王的女儿。

从故事形态学的角度论，我们在此看到的是初始的加害行为。这类加害行为一般是作为开场。按照上文讲述的原则，我们应该不只是将劫持与劫持进行比较，而且还应比较作为故事组成部分之一的各类初始的加害行为。

为谨慎起见，三种形式都被看作共存的。但可以假定，第一种依然是基本形式。死亡就是被蛇妖窃走了灵魂的观念在埃及人所共知。但这个观念被遗忘了，而关于疾病是将魔鬼放进了人体内的观念却存活至今。最后，蛇妖索要公主作为贡品带有古代生活的色彩。它伴随着大兵压境、兵临城下和战争的威胁。不过这一点无法完全确定。无论如何，所有这三种形式都很古老，而且每一种都允许有许多衍化。

拿第一种形式来说：

蛇妖劫走了国王的女儿。

蛇妖被作为邪恶的化身。宗教影响把蛇妖变成了鬼：

几个鬼劫走了国王的女儿。

这个影响则是改变了被劫的对象：

鬼劫走了神甫的女儿。

蛇妖的形象对于农村已经很陌生了，它被更为人们所熟悉的具有幻想属性（变形）的危险动物所替代（生活替代）：

铁毛熊带走了国王的孩子们。

加害者与老妖婆相近。故事的一个部分影响另一个部分（内部替代），老妖婆是女性，与之相对应被劫者成了男性（颠倒）：

巫婆劫走了老人们的儿子。

故事复杂化的固定形式之一是猎物再次被兄弟们劫走，加害行为在此转移到了主人公的亲属身上。这就是行动复杂化的典范形式：

兄弟们抢走了伊万的未婚妻。

故事人物中其他的坏亲戚替代坏兄弟（内部替代）：

国王（岳父）劫走了伊万的未婚妻。

公主自己占据了这个位置，故事采用了比较有趣的形式。加害者的形象在这种情形下被弱化了：

> 公主从丈夫那里飞走了。

在所有这些情形下被劫走的都是人，但也有如白昼的光（古风替代）被抢走的：

> 蛇妖抢走了王国的光。

蛇妖可被其他怪兽替代（变形），被抢的对象接近于想象出来的王国的生活：

> 水貂劫走了国王兽苑里的动物。

各种护身法宝在故事里起了很大的作用，它们常常是伊万达到其目的的唯一手段。由此可以明白，为什么它们常常是劫取的对象。从故事规范的角度看，在故事中间部分行动复杂化时，这类劫取甚至非有不可。故事的这个中间环节转移到了其开头（内部替代）。护身法宝的劫取者常常是骗子、老爷等（生活替代）：

> 身强力壮的小伙子抢走了伊万的护身法宝；
> 老爷抢走了庄稼汉的护身法宝。

火焰鸟的故事提供了转向另一种形式的过渡阶段，故事里被劫取的金苹果不是护身法宝（可与长生不老的苹果比较）。这里需要补充一句，劫宝只有在护身法宝已经到手，其作为故事中间部分的复杂化才是可能的。只有当拥有它被简略地作为理由来说明时，劫宝才可能出现在故事的开头。由此就可以明白，为什么故事开头的被劫之物常常不是护身法宝，火焰鸟是从中间挪到了故事开头，鸟儿是将伊万驮到极远之国的搬运者基本形式之一。金羽毛之类则是故事里的动物的寻常标志：

> 火焰鸟偷走了国王的苹果。

在任何情况下都保留着劫取。未婚妻、女儿、妻子等的失踪都可以归因为其神话本质。不过，这种神话性质对于现代的生活来说是陌生的。陌生的外来神话被魔法所替代，失踪被归因于邪恶的男巫或女巫施法术。加害行为的性质改变了，但其结果未变，这就是引发寻找的失踪（迷信替代）：

> 魔法师劫走了国王的女儿；
> 保姆使伊万的未婚妻中邪，并强迫她飞走。

接下去我们再次看到行动向坏亲戚转移：

> 姐妹们强迫姑娘的未婚夫飞走。

让我们转向第二个基本部分即形式的衍化：

蛇妖折磨国王的女儿。

衍化以同一途径进行：

鬼折磨国王的女儿，等等。

折磨在此具有阻挡、吸血的性质，全都要做民俗的解释。我们看到的不是蛇妖和鬼怪，而又看到了其他故事里的邪恶人物：

老妖婆折磨勇士们的女主人。

基本部分的第三种形式是强迫成婚的威胁：

蛇妖索要国王的女儿。

以此揭开了一系列的衍化：

水妖索要国王的儿子，等等。

从形态学的角度看，不曾索要国王的孩子们（弱化）而宣战正是从这一形式来的。向坏亲戚转移的类似形式有：

　　　　身为巫婆的姐妹要吃掉国王的儿子（兄弟）。

　　最后一个例子（阿法纳西耶夫故事集，第93号）特别有意思，
在此王子的姐妹被叫作母蛇妖。这样说来，这个例子提供了一个内
部同化的经典范例，它说明研究故事里的家庭关系必须十分小心。
兄妹婚以及其他形式可以根本不是习俗的残留，而是如所引用的例
子显示的那样，是某种衍化的结果。

　　似乎可以对所叙述的一切提出异议，说这是把不管什么东
西都放进了带两个补语的句子里。可事情远非如此。如何将故事
《严寒、太阳和风》的开场以及许多其他的东西放进这样的形式
里？再者，被考察的现象对于整个结构而言是同一结构成分。接下
去引出的是依然同一但却被装点成各式各样的情节因素：求助，离
家，遇见相助者，等等。并非所有有偷盗行为的故事都会提供这样
的结构，而如果这个结构接下去没有出现，那么相似的因素就无法
进行比较，因为它们是他律的，或者应该假设是神奇故事的一个部
分进入了不同于神奇故事的结构。这样一来，我们又重新回到了必
须不是根据外部的相似，而是根据相同的组成部分进行比较的话题
上来了。

神奇故事的结构研究与历史研究[1]

《故事形态学》一书的俄文版出版于1928年。[2]在当时它引起的反响是双重的：一方面，一些民间文艺学家、民俗学家和文艺学家对它表示了欢迎；另一方面，也有人指责作者是形式主义，而且这类指责直至今日还在重复。这本书大概像许多别的书一样，似乎已经被遗忘了，只是偶尔有专家们还记得它。可是战后若干年人们竟又重新想起了它，关于它的谈论开始出现在一些会议上和出版物中，它被译成了英文。[3]到底发生了什么事呢？可以用什么来解释这种再度复苏的兴趣呢？精密科学领域完成了重大惊人的发现，这些发现之所以成为可能是由于采用了更为精确的计数与研究方法。采用精确方法的渴望迅速波及人文科学，出现了结构语言学和数学语言学。其他一些学科也紧步语言学其后，其中之一便是理论诗学。

1 译自弗·雅·普罗普《民间文学与现实》，莫斯科，1976。中译文初次发表于《民俗研究》，2002年第3期，山东大学出版，有改动。——译者注

2 弗·雅·普罗普：《故事形态学》，列宁格勒，1928。

3 VL. Propp, *Morphology of the Folktale*. Edited with an Introduction by Svataya Pirkova — Jacobson. Translated by Laurence Scott, Bloomington, 1958 (*Indiana University Research Center in Anthropology, Folklore and Linguistics, Publication Ten*) (再版: *Internationnal Journal of American Linguistics*, vol. 24, No 4, pt 3, October 1958; *Bibliographical and Special Series of the American Folklore Society*, vol. 9, Philadelphia, 1958); V. Plopp, Morphology of the Folktale. Second Edition. Revised and Edited with a Preface by Louis A. Wagner. New Introduction by Alan Dundes, Austin London [1986, 1970].

这就是将艺术理解为某种符号系统，是形式化和模式化的手法，采用数学计数的可能性在这本书中已有预见，尽管在它创作之时还没有当代科学所采用的那些术语体系和那一套概念。此时对这部著作的态度依然是双重的：有些人认为它对于寻找新的准确化的方法是必须的和有益的；另一些人则还像以前一样，认为它是形式主义的东西并否认它有任何认识价值。

列维－斯特劳斯教授属于这本书的敌对者之列。他是个结构主义者。但结构主义者们常常被指责为形式主义。为了指出结构主义与形式主义的界限，列维－斯特劳斯教授将《故事形态学》作为形式主义的例子，以它为例描绘出这一界限。其文章《结构与形式：关于弗拉基米尔·普罗普一书的思考》附在《形态学》现在这个版本里。[1] 他所言确否，且让读者们去判断。但当一个人受到攻击时，他应当能够自卫。面对敌对者的论据，如果它们是虚假的，就可以提出较它正确的反论，这样的论争会有普遍的科学意义。因此，我怀着谢意接受了艾那乌基出版社的好心建议，写此文作为答复。列维－斯特劳斯教授向我掷下了手套挑战，我应战。这样一来《形态学》的读者们便成了决斗的见证人，而且可以站在他们认为将取胜的那一方——如果真有一位胜利者的话。

列维－斯特劳斯教授同我相比有一个十分重要的优势：他是位

1　C. Levi-Strauss, La structure et la forme. Reflexions sur un ouvrage de Vladimir Plopp, *Cahiers de I'Institut de Science economique appliquee,* serie M, No 7, mars, 1960（再版）: *Internationnal Journal of Slavic Linguistics and Poetics,* III, s'gravenhage, 1960；文章的意大利语翻译作为附录收入普罗普《故事形态学》一书的意大利语译本。

哲学家，而我是个经验论者，并且是个坚定不移的、首先注重仔细观察事实并精细入微和有条不紊地对其进行研究的经验论者，会检验自己的前提和环顾每一步推论。不过，经验科学也各有不同。在某些情况下，经验论者可以甚至只能满足于描述、评述，尤其当研究对象是一个单个事实时更是这样。只要这些描述是翔实可靠的，它们就绝不失其科学意义。但如果对一系列事实及其联系进行描述和研究时，对它们的描述转变为对现象的揭示，这种揭示就不仅具有局部的意义，而且还会引起哲学的思考。我有过这些思考，不过它们是在某几个章节所附题辞中隐晦曲折地表达出来的。列维－斯特劳斯教授只是从英译本了解我这本书的。可是译者过于自作主张了，他全然不懂这些题辞有什么用，从表面上看它们与书的正文没有什么关联，因此他将它们当作多余的点缀而野蛮地删去了。然而所有这些话都取自歌德以"形态学"统而称之的一系列著作以及他的日记，这些题辞应该能表达出该书本身未能说出的东西。任何科学的最高成就都是对规律的揭示。在纯粹的经验论者看到零散的事实的地方，作为哲学家的经验论者能发现规律的反映。我在一块十分不起眼的地盘上——民间故事的一种样式中——看到了规律。不过那时我已经觉得这一规律的揭示可能会有更广泛的意义。"形态学"这个术语本身不是借自基本目的在于分类的植物学教程，也非借自语法学著作，它借自歌德，歌德在这个题目下将植物学和骨学结合了起来。在歌德的这一术语背后，在其对贯穿整个自然的规律性的判定中揭示出了前景。歌德在植物学之后转向比较骨学并非偶然。这些著述可以向结构主义者们大力推荐。如果说年轻的歌德在那位坐在自己尘封的实验室中，被一架架骨骼、一块块骨头和植物标本所包围的浮士德身上除了尘埃什么也看不到的话，那么步入老年的歌德，为自然科学领域精确的比较方法所武装的他，透过贯穿整个大自然的个别现象见到的是一个伟大的统一的整体。但并不存在两个歌德——诗人歌德和学者歌德：渴望求知的《浮士德》中的歌德与已经完成求知的自然科学家歌德是同一个人。我在某些章节前引用的题辞——标志着对他的崇拜。不过这些题辞还应该表达出了另一重意思：自然领域与人类创造领域是分不开的。有某种东西将它们联结起来，它们有某些共同的规律，可以用相近的方法来进行研究。这一当时模模糊糊勾勒出的思想，现今已立足于人文科学领域探求精确方法的基础之上，这些上文已经述及。这是结构主义者们为何会赞同我的原因之一。另一方面，某些结构主义者并未理解我的目的不在于做出一些广义的概括，做这种概括的可能性在所引题辞中有所表现；我的目的纯粹专为民间文艺学而设，例如，列维－斯特劳斯教授有两次提出令他困惑不解的问题：是什么原因促使我将我的方法用于故事？他照他的理解向读者解释了这样几个原因。一个原因在于我不是人类学家，因此我不掌握神话学的材料，我不了解这些材料。还有，我对神话与故事之间的真实关系没有任何概念（见第16，19页）。[1]简而言之，即我之研究故事只能用我的学术视野有欠缺来解释，否则，我大约就不会把我的方法试用于故事，而是试用于神话了。

---

[1]　此处以及下文中普罗普引用的文字皆出自列维-斯特劳斯文章的第一版。

　　我不打算进入这些论题的逻辑（"作者研究故事，是因为他不了解神话"）。类似推论的逻辑我觉得不堪一击。但我想，任何一位学者都不应该禁止别人研究一个东西而要推荐他研究另外一个。列维-斯特劳斯教授的这些论断显示出照他的想象，事情好像是学者先产生方法，然后他开始思考把这个方法用到什么对象上；在这一次这个学者为什么要把自己的方法用于故事，这位哲学家就不太感兴趣了。但在科学中从来不是如此，在我身上也从来不是如此。事情全然是另外的样子。沙皇时代的大学对语文学家们的文学训练是十分薄弱的，其中民间文学更是完全不受重视。为了填补这一空白，我在大学毕业之后便读起了阿法纳西耶夫编选的著名的故事选本，并开始对它进行研究。我碰到一系列与被逐的继女有关的故事，这时我发现了下列情形：在故事《严寒老人》（按苏联出版物的编号为95号）中后母派她的继女去林子里找严寒老人。严寒老人试图把她冻成冰块，但她回答他的话时是那么温顺和耐心，以至于使他怜悯起她来，后来给了她奖赏还放她回了家。老太婆的亲生女儿却因经不起考验而丧了命。在下一个故事中，继女不是落到严寒老人手里，而是落到林妖那儿，而再下一个故事呢——落入熊掌。可这竟是同一个故事！严寒老人、林妖和熊考验、奖赏继女的方式不一样，但行动却是相同的。难道没有一个人发现这一点？为何阿法纳西耶夫和其他人认为这是些不同的故事？十分明显，严寒老人、林妖和熊是在以不同的方式完成着同样的行为。阿法纳西耶夫认为这些故事各不相同是因为出场的是不一样的人物。我觉得这些故事相同是因为角色有相同的行为。这激发了我的兴趣，于是我开始从人物在故事中总是做什么的角度来研究其他的故事。这样，根据与外貌无关的角色行为来研究故事这样一种极为简单的方法就通过深入材料的而非抽象的方式产生了。我将角色的行为，即他们的行动称为功能。对被逐的继女故事的观察是一根线头，顺着它能扯出一条线来并解开整个线团。揭示出来的，是其他一些情节建立在功能的重复性上，和最终神奇故事的所有情节都建立在相同的功能上，以及所有的神奇故事按其结构都是同一类型。

如果说译者略去了取自歌德的题辞给读者帮了倒忙，那么另一个对作者原意的损害就不能归咎于译者，而要算在俄国推出这本书的出版者的头上了：书名被更改过。它原名是《神奇故事形态学》。为了赋予该书以更大的意义，编辑删去了"神奇"一词，于是使读者（包括列维－斯特劳斯教授）误入歧途，似乎在此考察的是作为一种体裁的故事总的规律性。冠此名目似可产生一系列类型专论，如《咒语形态学》《寓言形态学》《喜剧形态学》等。但作者绝对无意于研究故事这样一种复杂多样体裁的所有样式。书中考察的只是迥然有别于其他故事样式的一种样式，即神奇故事，而且只是民间的。如此说来，这是关于民间文艺学局部问题的专项研究。至于按照角色的功能来研究叙事体裁的方法不只是运用于神奇故事，也可用于其他故事样式，还可能用于研究整个世界文学的叙事性作品，结果都富有成效，那是另一回事。但是可以预言，在所有这些情况下具体的结果会大相径庭。比如说，连环故事是建立在完全不同于神奇故事的另一种原则之上的。在英国民间文艺学中它被称为程式故事。这些故事以之为基础的程式类型可以被发现和被确定，但它们的公式却与神奇故事的公式全然不同。如此说来，有各种各样的叙事类型，然而它们可以用同样的方法来研究。列维－斯特劳斯教授引用我的话说，我所得出的结论不适用于诺瓦利斯或歌德的故事以及一般来说不适用于作家创作的艺术故事，他引用这些话来反对我，认为在这种情况下我的结论是错误的。但这些结论绝对没有错，它们只是不曾具备我那可尊敬的批评者所想赋予它们的那种包罗万象的意义。方法是可以广泛应用的，结论则严格受民间叙事创作的样式的限制，它们是在对这一创作的研究中得出的。

　　我不打算回答列维-斯特劳斯教授为反对我而提出的所有指责。我只选择几条最重要的。如果这些指责是站不住脚的，那么另外一些次要的和从中派生出的东西便不攻自破了。

　　一个主要的指责是：我的著作是形式主义的，因而不会有什么认识意义。如何理解形式主义，列维－斯特劳斯教授并未给出一个准确的定义，而只限于指出在叙述中提到的几个标志。这些标志之一便是形式主义者们在研究自己的材料时对历史不加考虑。他将这种形式主义的、自外于历史的研究归在我名下。显然，列维－斯特劳斯教授希望稍稍缓和一下自己严厉的判决，他向读者宣布说，我写完了《形态学》之后，似乎随即便放弃了形式主义和形态分析，而献身于关于口头文学（他这样称呼民间文学）与神话、仪式和制度之间关系的历史比较研究。他没有说这是些什么样的研究。在《俄罗斯农事节日》（1963）一书中我所运用的恰恰是在《形态学》中用过的方法。原来所有主要的大型农事节日都是由不同形式的相同要素构成的。但列维－斯特劳斯教授还无法得知这部著作。

显然他指的是1946年出版并由艾那乌基出版社发行了意大利语译本的《神奇故事的历史根源》一书。可是列维－斯特劳斯教授若是翻阅过那本书的话，他便会看到它始于叙述在《形态学》中展开的那些理论。神奇故事的定义不是通过它的情节，而是通过它的情节组合得出的。是的，在确定了神奇故事情节组合的单一性之后，我应该考虑这种单一性的原因。原因并未隐藏在形式的内在规律中，它存在于早期历史的领域，或像有些人更喜欢说的所谓史前期，即民族志学和人类学所研究的那个人类社会发展阶段，对我来说这从一开始就是明确的。当列维－斯特劳斯教授说，如果形态学不从民族志材料中吸取养料，它将一事无成，那他是说对了。正因为如此我不是与形态分析断绝往来，而是开始寻找在神奇故事情节比较研究中揭示出的那个系统的历史根基。《形态学》与《历史根源》就好像是一部大型著作的两个部分或两卷。第二卷直接出自第一卷，第一卷是第二卷的前提。列维－斯特劳斯教授引证了我关于形态考察"应该与历史研究联系起来"的话，但依然运用这些话来反对我。既然在《形态学》中这样的研究事实上没有进行——他是对的，但是他却没有充分考虑这些话表达了一个人所共知的原则：这些话包含了在将来进行这种历史研究的许诺。它们是一张特殊的期票，对这张期票，尽管过去了许多年，我依然要守信地偿清它。如此说来，如果他提到我时，说我在"形式主义的幻影"和"历史解释噩梦般的需要"之间进退维谷，那可就不对了。我是尽可能严格地有条不紊和循序渐进地由对现象与事实的科学描述转入对其历史原因的解释。列维－斯特劳斯教授在不了解这一切的情况下，甚至硬说我后悔了，说是后悔迫使我放弃自己的形式主义观点而转向了历史的考察。可是我现在也未感到任何后悔，也丝毫未觉得良心受到折磨。列维－斯特劳斯教授自己认为故事的历史解释事实上根本不可能，"因为我们对它们产生于其中的史前文明所知甚少"，同时他还惋惜用于比较的文本的缺乏。但问题并不在于文本（其实文本的数量已经足够多了），而在于人类社会发展早期阶段中人民生活及由此而来的思维形式所孕生的情节，以及这些情节历史地符合规律地显现。是的，我们对人类学所知尚少，但世界科学一直积累着大量的事实材料，这些材料使得类似的考察充满希望。

不过要紧的事不在于《形态学》是如何创作的以及它的作者经历了什么，而在于非常原则性的问题上。不应将形式研究与历史研究割裂开来并使之对立。恰恰相反：对所研究材料的形式研究和准确的系统描述是历史研究的首要条件和前提，同时也是第一步。个别情节的分散研究并不缺乏：在所谓芬兰学派的著作中这类研究已经有很多了。然而，在彼此分离地研究个别情节时，这一流派的追随者们看不到情节之间的任何联系，甚至不去猜想这种联系的可能性是否存在。这样的立场是形式主义所特有的。对形式主义者而言整体便是由零散的部件机械地混合而成的东西。与此相应，神奇故事这一体裁便似乎成了互不相关的个别情节的总和。结构主义者则是将这些部件作为整体的要素并在其与整体的关系中加以考察研究的。结构主义者看到的是整体，在形式主义看不到的地方看出系统来。《形态学》中所提供的东西，使人们有可能将体裁作为某种整体、某种系统进行情节之间的研究，以取代像在芬兰学派的著作中所做的那种按情节来进行的研究，我觉得尽管这一学派功不可没，但指责它是形式主义还是公正的。情节之间的比较研究揭示出广阔的历史前景。属于历史阐释之列的首先不是个别的情节，而是它们所从属的情节组合系统。当情节之间的历史联系被揭示出来时，便可为个别情节的研究铺平道路。

不过关于形式研究与历史研究的关系问题只涉及了事情的一个方面，另一个方面涉及对形式与内容关系的理解及其研究方法。形式主义通常指不考虑内容的形式研究。列维－斯特劳斯教授甚至说二者是对立的。这种观点与当代苏联文艺学家们的看法并不矛盾。比如说，结构文艺学领域最活跃的研究者之一尤·米·洛特曼写道，所谓"形式的方法"主要的缺陷在于它往往将研究者引向将文学看作手法之和、看作机械混合体的观点。对此似乎还可以再加上一条：对形式主义者们来说，形式具有其独立自生的规律和不以社会历史为转移的内在发展规律。从这一观点出发，文学创作领域的发展便是为形式规律所规定的一种自我发展。[1] 如果这些对形式主义的定义正确无误，那《形态学》一书便无论如何不应被称为形式主义的，尽管列维－斯特劳斯教授远不是唯一的指责者。并非所有的形式研究都是形式主义的研究，也并非所有研究语言或造型艺术作品艺术形式的学者就一定是形式主义者。

上文我已经引述过列维－斯特劳斯教授所言，他说我关于神

1　尤·米·洛特曼，《结构主义诗学讲稿》，第一册（导论，诗歌理论），塔尔图，1964，《国立塔尔图大学学报》，第160卷。《符号学论丛》第一辑，第9—10页。

奇故事结构的结论是一个幻影，是形式主义的幽灵—— une vision formaliste，这并非偶然顺嘴说说的，它是作者的一个重要的论断。他认为我是主观幻想的牺牲品。我从许多故事中编出了一个从来不曾存在过的故事。这是"一个抽象概念，这种空洞的抽象概念在大量个别故事存在之客观原因问题上不会教给我们任何东西"。我的抽象概念（列维－斯特劳斯教授这样称呼我推导出的图式）没有揭示出多样性的原因——此言不谬，只有历史研究能教给人们这一点。但说它是空洞的并且是个幻影——这就不对了。列维－斯特劳斯教授所言显示出他显然根本没明白我所做的十分经验化、具体化、细致化的研究。怎么会是这样呢？列维－斯特劳斯教授抱怨我的书太不好懂。看得出来，凡是自己有很多思想的人，便很难理解别人的思想了。他们不理解没有成见的人可以理解的东西。我的研究与列维－斯特劳斯教授的一般观点不相接近，这是隔阂产生的原因之一。另一个原因在我自己身上。写这本书时我还年轻，因而相信某个观察结果或某个思想只要值得说出来，大家立刻就会理解并赞同它。因此我以定理的风格极其简短地做出表述，认为发挥或详细说明自己的思想是多余的，因为无须如此一切都一目了然。但在这一点上我犯了错误。

　　让我们从术语体系入手。我应该承认，"形态学"这个借自歌德、一度令我十分珍视并赋予它以不只是科学的，而且还有某种哲学甚至是诗学内涵的术语，选择得不很成功。如果选一个十分贴切的术语，那就不是用"形态学"，而是该用一个更为狭义的概念"组合"（composition），那样书名便成了《民间神奇故事的组合》。

但"组合"一词也需要定义，它可以指称不同的东西。那么在这儿它又指的是什么呢？

上文已经说过，整个分析是源于一个观察结果，即在神奇故事中不同的人完成着同样一些行为，或者说同样的行动可通过很不相同的方式实现。这一点在一组关于被逐继女故事的异式中展示出来，但这个观察结果不仅对一个情节的异式是可靠的，而且还适用于神奇故事体裁的所有情节。例如，如果主人公离家上路去寻找什么东西，而他希望得到的东西在很远的地方，他就可以凌空飞到那里，或骑一匹神马，或骑在鹰背上，或乘飞毯，也可以乘飞船，骑在鬼背上，等等。我们不打算在此援引所有可能的情形。不难发现，在所有这些情形中，我们都看到了将主人公渡载到他寻求之物所在的地方，但渡载实现的形式各不相同。那就是说，我们看到的因素有稳定的也有变化不定的。另一个例子是，公主不愿意出嫁，或是父亲不愿将公主嫁给他或她自己不中意的追求者，求婚的男子被要求做某件根本做不到的事：骑马一下跳到公主的窗口，在开水锅里洗澡，猜公主出的谜语，从海王的头上取回一根金发，等等。天真的听众对所有这些情形的接受千差万别——只要自己觉得对就行。但有经验的研究者在这种多样性的背后看到了某种逻辑上的单一。如果说我们在第一个系列的例子中看到的是向寻求之物所在处的渡载，那么第二个系列就是出难题的母题。题目的内容可以不同，它采用不同的做法，是某种可变的东西，而像这样出难题则是稳定的要素。我将这些稳定的要素称为角色的功能。研究的目的在于确定神奇故事的哪些功能项是已知的，确定功能项数目是有限的还是无限的，考察功能项有怎样的排列顺序。这样的研究结果构成了本书的内容。原来，功能项很少，其形式很多，功能项排列顺序永远是同样的，即得出了一幅令人惊异的有规律的图景。

我觉得这一切都非常简单和容易理解，我现在还这么想。但我没料到"功能"一词在世界各种语言中有如此之多不同的意义，它被运用在数学、力学、医学、哲学中。不知道"功能"这个词的所有意义的人，反而很容易明白我的意思。在这项研究中，我对"功能"一词的定义是这样下的：功能指的是从其对行动的意义的角度确定的角色行为。比如，如果主人公骑着自己的马一下跳到了公主的窗口，我们看到的不是骑马跳跃的功能（不考虑整体行动这样的定义也是对的），而是完成与求婚有关的难题的功能。同理，如果是主人公骑鹰飞到了公主所在的国度，我们看到的不是骑鸟飞行的功能，而是渡载到寻求之物所在地方的功能。如此说来，"功能"一词是一个有条件限制的术语，它在本书中只能在它的这个涵义上理解，而不能解为它意。

功能项的确定是从对材料做详细比较研究得出的结论。因此无论如何也不能同意列维－斯特劳斯教授的说法，似乎功能项是十分随意和主观地确定的。它们的确定不是随意的，而是通过对成百上千个例子做对照、比较、逻辑定义的途径得出的。但是列维－斯特劳斯教授在完全不同于《形态学》所限定的意义上来理解"功能"这一术语。为了证明功能项是任意确定的，他举了一个不同的人看同一棵果树的例子：甲认为结果实的功能是最重要的，乙却认为是深扎根的能力，野蛮人则会从中看到天与地的连接（树可以长

得直入云天）。从逻辑上说，结果实的能力的确可以被称为果树的
功能之一，但结实能力不是行为，尤其不是艺术叙事中角色的行
为。而我搞的正是叙事及其专门规律的探索。列维－斯特劳斯教授
赋予我的术语以它们所没有的概括性的抽象内涵，然后又来批驳它
们。诸功能项的安排不是任意的。现在可以回到关于能称之为组合
的问题。我将故事本身讲述时的功能项顺序称为组合。我得到的图
式——不是原型，不是我的论敌所想的那样是一个从来不曾存在过
的虚构的故事，而是某种全然不同的东西：作为神奇故事基础的唯
一的组合图式。有一点列维－斯特劳斯教授的确说对了：这个组合
不是一种实体的存在。但它以各种各样的形式体现在叙述中，它是
情节的基础，仿佛是它们的骨骼。为了更好地阐明自己的思想和使
自己免遭进一步的误解，让我们来举一个例子说明情节指什么而组
合又指什么。例子将用略加简化和最短的形式加以叙述。假定是蛇
妖劫走了国王的女儿。国王求援。农夫的儿子开始去寻找她。他出
发上路了。路上他遇到了一个老太婆，她请他救一群野马。他做了
这件事，于是她送了一匹马给他，这匹马把他送到了公主所在的
岛上。主人公杀了蛇妖，回到家，国王奖赏了他——让他跟自己的
女儿结了婚。故事情节就是这样。它的组合则可以用以下方式确
定：发生了某种灾难。人们向主人公求助。他前往寻找。在路上主
人公遇到了某个人，这个人让他经受了考验并用宝物奖赏了他。借
助这个宝物他找到了自己寻求的对象。主人公归来并受到奖赏。故
事的组合便是如此。不难发现：同样的一个组合可以是许多情节的
基础；或反过来说，许多情节以一个组合为基础。组合是稳定的因

素，而情节则是可变的因素。要是没有遭进一步的术语误解的危险，情节及其组合的总和可以被称为故事结构（structure）。在事物世界不存在一般概念的意义上，组合不是一种现实的存在：它只存在于人的意识中。但正是借助于一般概念我们认识了世界，揭示了它的规律从而学会把握它。

在随即转向形式与内容的问题之前，我们还得谈谈几个细节。

研究故事时会发现，某些功能项（角色的行为）容易成对排列，比如说，出难题引出对它的解答，追捕引出获救，战斗引出胜利，故事以其为开端的灾难或不幸到故事终结时被消除，等等。列维-斯特劳斯教授认为，成对的功能项就是一个功能项，它们合而为一。从逻辑上说或许是这样。战斗与胜利是构成了一个整体。但是对于结构的定义来说这类机械的组合便不相宜，而且采用它们会造成一幅虚假的图景。成对的功能项是由不同的人来完成的。出难题的是一个人，而解答它的是另一个人。一对功能项的后一半可以是肯定的也可能是否定的。故事中有真主人公和假冒主人公：真主人公解答难题并受到奖赏，假冒主人公做不到这些并受到惩罚。成对的功能项常被一些过渡性的功能项分隔开。比如说，公主被劫（最初的灾难，开场部分的第一个要素）出现在故事的开头，而她的归来（收场）发生在结尾。因此在研究组合，即功能项的顺序时，将成对的功能项组合成一项会使我们无法弄清行动和情节发展的规律性。抛开材料将这些功能项逻辑化的建议是不可取的。

由于这些原因另一个建议亦不可取。对我来说确定民众以怎样的顺序来排列功能项是十分重要的。原来，顺序永远是一个：这于民间文艺学家来说是个极其重要的发现。行动是在时间中完成的，因此要挨个观察它们的顺序。列维－斯特劳斯教授不满意这种研究和排列方法。我通常所用的叙述次序被他以按字母表顺序排的字母 A，B，C 等来表示。他建议用逻辑系统来取代时间顺序系列。我的论敌想把诸功能项分类整理成按垂直轴和水平轴排列。这种排列是结构主义研究技巧的要求之一。但它在《形态学》中已经有了，只不过用了另外一种形式。大概我的论敌没有太注意我那本书的结尾，有篇附录名为"用于故事符号记录的材料"，那里开列的栏目便是水平轴。这个图表是我在书中用字母代码所做的结构模式的扩展形式。具体的故事材料可归入所开列的栏目——这就是垂直轴。这个用对比文本的方法得出的十分具体的图式毫无必要把它改换成纯粹抽象的公式。我的思维与我的论敌的思维之区别就在于我是从材料中抽象出概念，而列维－斯特劳斯教授是在对我的抽象概念再加以抽象。他指责我说，我所提出的抽象概念无法在材料中复原。但他若是拿来任何一种神奇故事的选本，将这些故事与我提出的模式放在一起，他就会看到模式与材料极其吻合，会亲眼看到故事结构（structure）的规律性。并且，不止是民间故事，根据模式，还可以自己按民间故事的规律编出无数个故事来。如果将我提出的图式称为模式，那么这一模式重复的是所有结构的（稳定的）要素，而不去注意那些非结构的（可变的）要素。我的模式适合于能够模式化的对象，它立足于对材料的研究，而列维－斯特劳斯教授提出的模式不符合实际，它的根据是并非一定得之于材料的逻辑推理。从材料中抽取出的概念能够解释材料，从抽象概念中抽取的概念只以自身为目的。概念脱离了材料，会与现存世界相矛盾并且无法再解释它。经过十分抽象的逻辑推理和与材料的彻底剥离（列维－斯特劳斯教授对故事不感兴趣也没想了解它），他取消了产生于时间的功能。这对民间文艺学家来说是不可能的，因为功能（行为、行动、动作）如同它在书中被确定的那样，是在时间中完成的，不可能将它从时间中取消。这里可以顺便提一下的是，在故事中占统治地位的完全是另一套时间、空间、数的概念体系，不同于我们所习惯的和我们喜欢将其作为绝对概念的那一套体系。但在这儿我们无法论及——这是一个特殊的问题。我提及这一点只是因为将功能从时间中粗暴地分离出来会破坏作品整个艺术组织结构，这个结构好像一张细致精巧的蜘蛛网，经不起触碰。这已是有利于在时间中排列功能项的题外话了，这是受叙事的操纵，而不会像列维－斯特劳斯教授希望的那样进入一个超时间系列。

　　民间文艺学家和文艺学家注意的焦点是情节。俄语中"情节"一词作为文艺学术语有十分确定的意义：在叙事过程中展开的那些行动、事件的总和。英译者很恰当地将它译成了"plot"。一本民间叙事创作方面的德国杂志也不无根据地称它为"Fabula"。但列维－斯特劳斯教授对情节没有兴趣，他将"情节"一词翻译成法语的"theme"（主题）。显然，他偏爱这个词是因为"情节"是个与时间有关的范畴，而"主题"则不具备这个特征。但任何一个文艺学家任何时候都不会同意这一更换。无论是"情节"这个术语，还是"主题"这个术语，人们尽可以有不同的理解，但将它们混为一谈或互相替换却万万不行。这种对情节、对叙事的轻蔑态度在

其他一些错译的例子中也可以看到。比如，主人公在路上碰见了
那么一个老太婆（或是其他人物），她对他进行考验然后送给他一
个宝物或一种魔法。根据其功能，这个人物被我称为"赠予者"。
主人公得到的宝物在民间文艺学中名为"神奇的礼物"（Zauber
Gaben），这是一个专门的科学术语。英译者将"赠予者"一词译
为"donor"，跟故事非常贴切，或许比"赠予者"更好，因为这里
说的"礼物"并不总是主人自愿送的。但列维－斯特劳斯教授将这
个词译成了"bienfaiteur"，依然赋予这个术语以太过泛化和抽象的
内涵，以致使它失掉了本来的意义。

　　说完这些为更好地理解下文所必须的题外话之后，可以紧接
着转向形式与内容的问题了。如上文所说明过的，通常人们将与内
容割裂开的形式研究称为形式主义的研究。应该承认，我不理解这
是什么意思，我不知道应该如何实事求是地理解这句话，如何应用
在材料上。要是我能知道在艺术作品的什么地方去找形式，什么地
方去找内容，或许我就能弄明白了。将形式和内容完全作为哲学范
畴可以尽情地争论下去，但如果从一开始争论的对象就全是形式的
范畴和全是内容的范畴，而不是在材料的全部多样性中对其做具体
的研究，这些争论就不会有结果。

　　对民间美学而言，情节就构成了作品的内容。对民众来说，
关于火焰鸟的故事内容就是讲述一只火红色的鸟如何飞到国王的花
园里，然后偷了几只金苹果，王子如何动身去寻找它，然后归来时
不仅带回了火焰鸟，而且带回了一匹马和美丽的新娘。整个意义就
在于所发生的这些事。让我们暂且从民众的角度（顺便说一句，这

是个非常聪明的角度）来看看。如果情节可以被称为内容的话，那
情节的组合就无论如何也不能叫作内容了。这样我们从逻辑上便可
以得出结论说，组合属于散文作品的形式领域。从这个角度出发，
可以将不同的内容纳入同一形式。但上文我们已经提及并试图指出
组合与情节不可分割，情节无法存在于组合之外，而组合也无法存
在于情节之外。这样我们便用我们的材料证明了一个人所共知的真
理，即形式和内容不可分割。关于这一点列维－斯特劳斯教授也是
这样说的："形式和内容具有同一性质，它们归入同一项分析的范
围。"这是毫无疑问的。可是我们就要深思这样一个论点了：如果
形式和内容是不可分割的，甚至是具有相同性质的，那么分析形
式的人也就是在分析内容。形式主义的过错在哪里？当我在其无
法分开的关系中分析情节（内容）与组合（形式）时我又何罪之
有呢？

　　不过对形式与内容的这种理解不很常见，它对于其他样式的
语言艺术创作是否合适也还不清楚。形式通常被理解为体裁属性。
同一个情节可以有小说、悲剧、电影剧本各种形式。顺便说一句，
列维－斯特劳斯教授的思想在将叙事作品戏剧化或银幕化的尝试中
获得了出色的证明，左拉的小说在书本中和在银幕上是彼此大相径
庭的作品。内容通常也不是指情节，而是指作品的思想，指作者想
表达出来的东西，他的世界观、看法。研究评价作家世界观的尝试
多不胜数，在多数情况下它们显得很浅薄，列夫·托尔斯泰嘲笑过
这类尝试。当人们问他，他想用他的长篇小说《安娜·卡列尼娜》
说出什么时，他说："如果说我能够用几个词说出我打算用长篇小

说所表达的一切，那我就应该把那部小说重新写一遍。若是批评家们现在已经明白我想说出的东西并能够以一篇短评将它表达出来，那我向他们表示祝贺。"[1] 这样说来，如果作家文学中的艺术作品尚且是思想表达的形式，那遑论民间文学。这里有一些形式（组合）铁律，漠视它们便会铸成大错。研究者出于个人的政治、社会、历史或宗教的观点将自己的世界观强加在故事或民间文学上，指证它表现了神秘主义的或无神论的观点，革命的或保守的观点。这全然不是说民间文学的思想世界不能研究，这完全是另一回事。只有研究了艺术形式领域的规律，科学客观地研究思想世界（内容）才是可能的。当列维－斯特劳斯教授呼唤历史的和文学批评的研究时，我是完全赞同他的。可他是用这种呼唤来取代他所说的形式研究。然而前期的形式研究不只是历史研究，也是文学批评研究的首要条件。如果说《形态学》构成了一部大型研究著作的第一卷，《历史根源》是第二卷，那么文学批评就可以构成第三卷。只有在研究了故事的形式系统并确定了它的历史根源之后，才有可能在其历史发展中客观科学地揭示故事中包含的最有意思、最意味深长的民间哲学与民间道德的世界。在这方面故事呈现出一种层状结构，类似地质沉积层，其中兼有远古的、较晚近的和现代的地层。在这里可以对它的所有可变要素、色彩进行研究，因为故事的艺术性不局限于它的结构。为了研究和弄清这一切，需要了解民间故事伟大的多样性所据以形成的那个基础。

---

1 《列·尼·托尔斯泰全集》，第62卷，莫斯科，1953，第29页。

　　我无法回答列维－斯特劳斯教授提出的所有思想。但有一个较个别但又很有意思的问题我还想再做一番探讨，这就是神话和故事的关系问题。这个问题于我们的目的并无重大意义，因为这本书研究的是故事而非神话。但列维－斯特劳斯教授是研究神话的，他对此有兴趣，而且在这个问题上他也不同意我的看法。

　　书中关于故事与神话的关系说得十分简略且未加论证，我表达自己的观点时粗疏在所难免。但未加证明的观点并不总是错误的观点。我认为，神话作为一个历史范畴要比故事古老，列维－斯特劳斯教授否定了这一点。在这里不可能全面阐发这个问题，但简短地阐述一下还是必要的。

　　照民间文学家的想象，故事与神话之间的界限何在，它们的一致之处又何在呢？故事的本质特性之一，在于它建立在艺术杜撰的基础上并且是现实的虚构。在大多数语言中"故事"一词都是"假话""胡说"的同义语。"故事讲完了，不能再瞎扯了。"——俄国故事家常常这样来结束故事。神话则是对神圣秩序的讲述。实际上人们不只是相信这一讲述，它还表达了民众的神圣信仰，因而它们的界限不在形式方面。神话可以采用艺术讲述的形式，这种讲述的诸样式可以进行研究，尽管本书没有做。当列维－斯特劳斯教授说"神话与故事经营的是一个共同的实体"时，如果实体指的是叙事过程或情节，那他是完全正确的。有一些神话建立在与故事一样的系统之上，例如，可以从古希腊罗马文化中举出关于寻求金羊毛勇士、关于珀修斯与安德洛墨达、关于忒修斯及其他一些神话。它们有时连细节都与《故事形态学》中所研究的那个结构系统相一致。这样说来，确有神话与故事在形式上相吻合的情形。但这一观察结果绝不具有普适性。整个系列的古希腊罗马神话——它的大多数——与这个系统没有任何共同之处。这更适合于原始神话。宇宙起源神话，创世神话，动物、人、事物起源神话，与神奇故事没有关系也不会转化成神奇故事，它们建立在迥然不同的形态系统上。这样的系统非常之多，神话学从这方面做的研究还很少。凡是故事与神话建立在相同系统之上的地方，神话永远比故事古老。这是可以证实的，如我们对索福克勒斯的《俄狄浦斯王》情节历史所做的那样。[1] 在埃拉多斯[2] 这是神话。在中世纪这个情节具有了基督教的神圣性质。人们讲述它时会谈到万恶的犹大或其他一些圣者，如格利高里或安德列·克里特斯基或阿里班，他们以伟大的圣行赎清了深重的罪孽。但当主人公失去原名，讲述也就失去了自己的神圣性质——神话和传说转化成了故事。但列维-斯特劳斯教授对此持完全不同的看法：他不同意说神话比故事古老，他认为神话与故事能够并存而且它们并存至今。"在当代生活中神话与故事并肩存在：这就是说，此体裁不能被认为是彼体裁的延续。"然而《俄狄浦斯王》的例子可以证明，情节在历史发展中可以从一种体裁（神话）转入另一种体裁（传说），又从这一种再转入下一种（故事）。任何一个民间文艺学家都熟知，情节常常从一种体裁迁移到另一种体裁，这是十分普遍的事（故事情节进入叙事诗，等等）。但列维-斯

1　弗·普罗普《从民间文学的角度看俄狄浦斯王》，《列宁格勒大学学报》第72期，语文科学版，第9册，列宁格勒，1944。
2　古希腊人对其国家的自称，1883年以后曾为希腊国家的正式名称。——译者注

特劳斯教授谈的不是具体情节，而是在一般的、泛化的意义上使用"神话"和"故事"这两个词，他说的是"全部"神话和"全部"故事，即指未曾区别类型与情节的体裁，因此他说它们的并存延续至今。在这种情况下，他不是作为一个历史学家来思考的。需要谈论的不是永远，而是不同的历史时期和社会发展阶段。研究最古老和最原始的民族可以得出一个结论，就是他们全部的民间文学（好像造型艺术一样）全都具有神圣的或巫术的性质。在通俗出版物——有时是学术出版物中，以"野蛮人的故事"为名出版的东西，常常不是什么故事。举一个人所共知的例子，如所谓动物故事曾经不是被作为故事来讲，而是具有行巫术的性质，讲述它应有助于狩猎成功。关于这个问题的材料有很多。故事较神话出现得晚一些，它们确有过并存的时期，但只是在神话情节与故事情节分属于不同的结构系统以至成为不同情节的情形之下。古希腊罗马时期既承认故事，也承认神话，但它们的情节是不一样的。寻求金羊毛勇士们的神话和寻求金羊毛勇士们的故事在一个民族中是无法共存的。在存在着忒修斯神话和祭祀他的地方也不会有忒修斯故事。最后，在发达的现代社会阶段，神话的存在已经不可能。神话作为民族神圣传说曾经起过的作用，现在由圣人传奇和宗教叙事文学来承担了。不过在社会主义国家，神话与神圣传说这些最后的残余也正在消失。这样看来，比较神话与故事哪个更古老的问题及它们共存之可能性与不可能性的问题都无法笼统解答。问题的解答要视民族的发展程度而定。认识并理解诸形态系统以及能对它们进行区分，无论是查明故事与神话的相似与区别的问题，还是解答其相对古老性的问题及共存的可能性的问题，都是必须的。问题要比列维－斯特劳斯教授想象的复杂得多。

最后可以归纳出几点结论。哲学家会认为那些合乎此种或彼种哲学的一般性判断是正确的，学者则认为正确的首先是那些从材料研究中得出结论的一般性判断。尽管列维－斯特劳斯教授责备我说，我的那些结论照他看来不符合事物的本性，是错误的，但他却没有引证一条故事范围内的具体事例。这类反对意见对学者来说最为危险，但也最为有益、必要和珍贵。

对于任何专业的任何一位学者，另一个非常重要的问题是方法问题。列维－斯特劳斯教授说我的方法是错误的，因为行动经受从一个人物转移到另一个人物的现象，或者说存在同一些行动由不同的实现者完成的情形，这种可能并不只限于神奇故事领域。这个观察十分正确，但它与我提出的方法并不矛盾，甚至对其有利。比如，如果说宇宙起源神话中的渡鸦、水貂及类人的生物或神都担当着同样的创世者的角色，那就意味着神话不只是可以，甚至是应该用研究神奇故事的方法来研究。将得出的结论全然会是另外一些。形态系统为数众多，但方法可以是相同的。

很可能按角色功能研究叙事的方法不仅有益于民间文学叙事体裁的研究，也有益于作家文学。不过这本书提出的方法是在结构主义出现之前，作为追求客观准确地研究艺术文学的结构主义者的方法，还要有自己的使用界限。它们用在具有大范围重复性的地方是可能的和有效的。我们在语言中、在民间文学中都看到了这一点。但在艺术成为独一无二的天才创作领域的地方，就只有将对重复性的研究与对唯一性的研究结合起来，那时采用精确的方法才会有积极的结果。我们面对天才暂时好像面对不可思议的奇迹的显现。无论我们将《神曲》或莎士比亚的悲剧归入哪些栏目之下，但丁与莎士比亚的天才都是独一无二的，无法仅仅用精确的方法对其进行研究。如果说在本篇文章的开头我指出了精密科学与人文科学所研究的规律性之间的相似性，那么我想以指出它们的原则性的特殊区别来结束本文。

在1965年春天纪念会上的讲话[1]

我衷心地感谢今天这样温暖、这样诚挚、这样宽厚地谈到我的所有的人。对任何一个劳动着并且热爱自己劳动的人来说，都会想得到一样东西：得到承认。在生命的尽头听到这样的承认，而且还是以这样鲜明和友好的形式——真是莫大的幸福。这就是说，我此生还不算虚度。

关于我所做的在这里谈了很多。我所做的实在没有那么多。但我所做的之所以能够做到，只是因为我开始创作的岁月是二十年代末三十年代初，是国内战争之后苏联学术界飞速发展的年代。这一巨浪把我冲到了浪峰。在此，我想说说在我大学毕业后对我有过影响的几个人，几位学者。

我1918年大学毕业，接着在中学教了十年书。白天上课，晚上、节假日里写书，写的就是后来出版的那本《故事形态学》。写作是独自进行的，没跟人商讨，也没有任何指导。等书写完了，我决定让自己从离群索居的状态中走出来。我决定去找鲍利斯·米哈依洛维奇·艾亨巴乌姆。我还是在上大学时对他略有所闻。鲍利

1　原文由 A. H. 玛尔登诺娃整理，载于《古风今存》，1995年第3期，第9—10页。中译文初次发表于《俄罗斯文艺》2000年第2期，此次发表略有修改。——译者注

斯·米哈依洛维奇对我很友善，用心听了我的叙述，然后发表了意见，他的结论就实质而言，可以归结为几个字：这很令人快慰。令人快慰的是什么呢？是说万宗归一吗？这几个字对我来说意味着一位大文艺学家的承认。但我决定还得去找一位民间文学和民俗学方面的专家，于是我去了 Д. K. 泽列宁那儿。他也十分用心地倾听了我的叙述，也说了具有实质意义的一句话。他说，这很有意思。在这之后，我还去找了 B. M. 日尔蒙斯基，他同样饶有兴致地听了我的讲述，翻了一下手稿，也说了一句话。他说，我们要出版这份东西。我的一系列著作正是由此发端的。如果这三个人否定了我的话，我或许就不会再写什么了。但是他们没有否定我。

但我还需要学术交往。我知道地理学会有一个民俗学分会，而分会下设一个名称饱含吸引力的委员会——"故事委员会"。领导这个委员会的不是别人，正是科学院常任秘书，谢尔盖·费奥多洛维奇·奥尔登堡。委员会的秘书是 H. Π. 格林科娃，她后来成为著名的语言学家，赫尔岑学院的教授。通过她，我预约了拜会奥尔登堡的时间。接见的日子到了。奥尔登堡的办公室在科学院那引人注目的克瓦连基式建筑的圆柱后的一座楼房里。建筑雄伟的倒影映在涅瓦河中。办公室外有间小小的接待室，里面总是挤得满满的。各色旧俄贵妇指望从奥尔登堡那儿得到种种帮助。他说话有分量，中央委员会很器重他。伏尔加河上甚至航行着一条"奥尔登堡院士号"轮船。门终于打开了，值班员问道："谁是弗拉基米尔·雅可夫列维奇·普罗普？"走过那些旧俄贵妇们，我第一个进去了。谢尔盖·费奥多洛维奇彬彬有礼，他真挚亲切地接待了我。他温和而

细致地问起了我关于我的著作及我个人的情况。我被这种待人方式
震惊了。我是谁？一个渺小的、默默无闻的教师，而他跟我说话时
却仿佛我是个什么大人物。在这里我获得了铭记终生的教益。谢尔
盖·费奥多洛维奇拥有一种品质，我找不到更合适的方式来描述
它，姑且称之为一种发自心灵的深厚的文化修养吧。此外，他是一
位世界级的学者，一位杰出的东方学家，他还是个痴迷于故事的
人，故事大概是他在世界上最喜欢的东西。"故事委员会"每个月
在他的办公室聚会两三次。委员会由五六个同道组成。他请我来做
个报告。在那里所做的报告、进行的交谈、他做的精彩归纳和概括
对我的学术与做人大有裨益。我在这儿成长为一个学者。就是在那
时，B. M. 日尔蒙斯基吸收我进了艺术史研究所。这儿有人民艺术
分部，民间文学组附属于它。领导这个组的是科学院院士弗拉基米
尔·尼古拉耶维奇·别列特茨。我早在大学时代就知道别列特茨教
授。我曾被人拖去参加他那著名的方法论的课堂讨论，不过当时我
没有单独找过他。他粗暴、缺乏耐心，待人接物总是冷嘲热讽，这
令我与他疏远。在大学生的圈子里，他还以坚决不近女色而闻名。
但是，现在，过了许多年之后，当我进入在马雅科夫斯基大街他的
寓所聚会的民间文学小组时，出现在我面前的全然是另外一个人，
一位亲切好客的主人。这是位令人惊异的领导者。小组同样由五六
个人组成。在这儿宣读报告，在这儿进行热烈的讨论。令我震惊的
是弗拉基米尔·尼古拉耶维奇如此善于深入理解一切，甚至包括报
告的琐碎细节，他很善于洞察别人的思想并做出评价。对女性的厌
恶也全无踪影，小组的半数成员是女性。我还记得一位女同事的报

告，她在考察时逐字逐句准确记录了少女们的游戏，并就此做了一个十分有趣、十分女性化的报告。我还记得这位不苟言笑、素以严厉著称的院士对这个报告兴致盎然，表示称许。他对我格外垂青，也特别关心。当《故事形态学》通过学位答辩时，他出任论文评论员，他第一个为这本书写了全面的评论文章。

如同奥尔登堡那儿的聚会一样，这些聚会的性质是小范围的、私密的。Д. К. 泽列宁举荐我进入以维谢洛夫斯基名字命名的东西方语言文学比较研究所。那儿有"古风今存"组，即他所领导的民俗学与民间文学部。这已经是一个很大的机构了。这里聚集了五十多个人。在这儿我遇到了这样一些学者：科学院院士 В. В. 斯特卢威、弗兰克·卡敏涅斯基、列夫·亚克·什捷尔恩堡、弗拉基米尔·盖尔曼诺夫维奇·鲍戈拉兹-唐、Э. К. 比卡尔斯基。最后这几位曾是政治流放犯、西伯利亚研究专家。瓦西里·伊里奇·车尔尼雪夫斯基、巴维尔·康士坦丁诺维奇·西蒙尼等人也曾出入这里。不难想象，所有这些对我有怎样的影响，对我又是怎样的教育。在这儿我也学会了做报告。我还发现，那时，我所说的机构没有任何计划。首创精神得行其道，而且这种首创精神强烈到来不及向人报告。

我不再往下说了。我在普希金之家供职的情况大家都记得。当1937年我被邀请去列宁格勒历史学、语文学、语言学研究所（随后是大学语文系）工作时，我不怀疑是幸运之星把我送到了这里，送到了这座楼房里。我那时还不知道但现在知道了，在大学里工作——这是何等的幸福。总的来说，我在生活中的各个方面都惊人地走运。在一个美好的日子，我从邮局收到通知，得知我被授予语文学副博士。那时这个学位刚刚设立。请想想看，我没有考过任何基础知识，没有参加过入学考试，没有经过任何评审和复审。我想，什么时候能回到曾有过的那种学位授予方式该有多好。又一次完全出乎我意料的是，我同样还是从邮局送来的通知里得知我已经是教授了，尽管我还不是博士。我提交了一部手稿作为博士论文，就是那部根本不是作为博士论文写的书——《神奇故事的历史根源》。它的评论员之一是伊万·伊万诺维奇·托尔斯泰院士。他令我觉得很可亲。他在家中与我有过多次交谈。这些交谈于我又是一番新的阅历，这是一位俄罗斯绅士，一位不折不扣的俄罗斯绅士，一位极有魅力的人，出色的行家里手。我从他那儿学到了很多东西。尤其令我骄傲和幸福的是现在我受托整理出版的文集中收入了他所有的民间文学著作。能够为给我留下如此珍贵回忆的人做这件事，的确令我非常高兴。

关于我们的教研室，我还想说几句话。我为自己是这样一个出色、友爱、富于创造性的集体中的一员而感到自豪。这里对我的评价实在让我感到受之有愧，但是，这个评价也激励着我，令我感激。

这就是我要谈的自己的一些回忆。但是，请不要以为对我来说，一切都留在了过去。不，我的生活既不在过去，也不在将来，它只是在现在，在今天。

在以往的岁月里，我有从事创造性工作最有利的条件。但我做到的却少于我能够做的，或者说我应该做的。为什么我做的这么少呢？

　　据说，学术研究是建功立业，学术研究是一种劳动。什么是
学术研究劳动——这就是。劳动是巨大的、持久的、紧张的。但建
功立业是什么？这话不适合我。学术研究就是一种迷恋，一种与生
俱来的迷恋。就这种迷恋而言，人常常身不由己。一旦被这种迷恋
之情抓住了，你就会走火入魔，可以夜以继日地工作，不分昼夜、
不动地方地坐着。我可以只是凭着这种迷恋、凭着灵感做创造性的
工作。灵感消失了，工作便无法顺利进行下去。我不大能做到无动
于衷地、淡漠地、持续不断地工作，就像别人能够做到的那样。当
然，这是我的缺点。

　　不过，学术研究并非我唯一的迷恋。我喜欢教书。让我感到
由衷幸福的事情，是当我走下讲台时，我感觉我今天讲得不错，学
生们听得津津有味，还有就是看到出色的考试答卷，得知学生们能
对学术融会贯通，听他们在课堂讨论中提交精彩、聪明、经过深思
熟虑的报告。早在还未从事民间文学教学的那段时间，我教过德
语，当我看到学生们如何逐渐掌握了一门对他们来说颇艰难的新的
异国语言时，我同样也感到幸福。小组讨论非常有趣。我记忆尤深
的是关于浮士德的专题讨论。当时，我们慢慢地读着，分析讨论着
这部深奥的作品。这些课使我自己都变得有条理了。当然，学生们
各个不同，什么样的都有。然而，就整体而言，作为一个群落，学
生们无疑是值得尊重的。我永远以此作为与他们相处的出发点。尽
管有时也会感到失望、难过甚至愤怒，但不能因此就一概而论。如
果说学术工作是以出版物页数来计算的话，那么教学工作就是以

学生来计算了。单是在一所大学里，我在其中学时代教过的学生有哲学系教授 M. И. 沙赫诺维奇，在我记忆中，他是个绝顶聪明的小男孩。作为大学生，在我的班级里学习过的有 O. K. 柯罗波娃、Ю. C. 马斯洛夫、C. C. 罗珊斯卡娅、H. B. 斯比扎尔斯卡娅、A. И. 列津娜、И. B. 勃拉杜斯、A. П. 哈扎诺维奇、M. Г. 克拉夫钦诺克。学民间文学的是比较少，但在这里我可以举出 O. H. 格列奇娜、A. A. 郭列洛夫。尽管他们没有我也会成为今天的样子，但是，在他们身上多少有我留下的一点一滴吧。如果说我的文章很少，我的学生却很多，这也挺好。我并不很以自己的那些文章而自豪，但是，瞧瞧我的这些学生，用普希金的话说，"我就像个老保姆一样骄傲"。

　　我祝愿你们大家都有活到70岁的那一天，生活、工作都幸福。我还要再次感谢你们的深情厚意，尽管我受之有愧，但这令我欣喜和振奋。

自传

弗·雅·普罗普

　　1895年生于列宁格勒。父亲是事务所的办事员，卒于1919年；母亲是家庭妇女，1912年卒于列宁格勒。

　　1918年毕业于列宁格勒大学文史系斯拉夫语系俄罗斯语文专业。自1918年至1928年，在列宁格勒的几所中学讲授俄语和文学。1926年应邀在工学院教德语。在多所高校教德语至1934年。在计划学院负责过外语教研室的工作。在列宁格勒第二外语师范学院负责过日耳曼语文教研室的工作。1932年应邀在大学任罗曼语系日耳曼语文教研室副教授。1937年大学开设民间文学教研室后转入该教研室，在此任教授至今。

　　主要学术专业为民间文学。在国家地理学会、东西方语言研究所、艺术史研究所、科学院文学研究所从事过学术工作。

　　1938年被授予教授职位，并未经答辩被授予语文学副博士学位。1939年通过了博士论文答辩。

　　卫国战争期间，1942年前在列宁格勒，曾随大学疏散到萨拉托夫，之后又随大学迁回。

1945年5月8日

译后记

贾放

弗拉基米尔·雅可夫列维奇·普罗普（Владимир Яковлевич Пропп，1895—1970），俄罗斯著名的民间文艺学家，他的名字不仅与俄罗斯民间文艺学发展进程中的一个历史阶段联系在一起，其思想遗产的独创性和广泛影响，已使他作为一位"世纪人"列入二十世纪人类思想史的名人录。

普罗普一生著述丰厚，留下了六部专著和一部论文集。他的研究涉及故事学、史诗学、民俗学、民间文艺学和美学多个领域，其中以故事学研究成就为最高。"外国民俗文化研究名著译丛"收入的这部《故事形态学》是他故事研究的开山之作，也是他最有影响的著作，加上附在篇末的几篇论文和回忆录，与他的另一本重要著作《神奇故事的历史根源》合起来，大体上能反映出他整个故事学理论体系和思想发展脉络。

普罗普受到中国学者的关注，始于二十世纪八十年代。在相当长的一段时间里，学界的关注点主要是他的这本《故事形态学》。但由于传播渠道的原因，各种介绍大都是出自英译、日译和法译的"转口"，乃至对"转口"的转述。经过这样的多重转换，难免会带来信息学所说的"信道损耗"，难以准确传达出他写作的文化语境。一些误译、漏译，在不同程度上影响了对原著理解的准确性。这些对普罗普本人及其学说而言不能不说是一种遗憾，对于那些需要深入了解、研究普罗普的读者来说，则有可能因误读而被误导。在国内一些应用其形态学方法的研究文章中，这样的例子不胜其多。

1996年，我考入"中国民俗学之父"钟敬文先生门下，开始在职攻读民间文艺学专业的博士学位。因为我硕士阶段读的是俄罗斯文学研究专业，钟先生有意让我在俄罗斯民间文艺学方面做一点介绍研究工作。其时，我已从国内一些间接、片段的介绍中对普罗普的形态学研究略有所闻。次年，受教育部委派，赴俄罗斯圣彼得堡大学东方系任教。圣彼得堡大学是普罗普的母校，也是他一生执教的地方，这也算是天赐良机吧。我边教书，边读书，同时尽可能地广泛收集资料。经过一段时间的准备，征得钟先生同意，确定以《普罗普故事学思想研究》作为博士论文题目，从此开始了一段艰苦与快乐并存的跋涉历程。

我的中心工作是写学位论文，翻译只是一项副产品。我的本意，是希望通过翻译，能更准确、更深入地理解作者的思想体系，提高研究质量。后来发现，也许这项工作对于普罗普学说在中国的传播还能起到一点正本清源的作用，为中国学界了解这份文化遗产有所贡献，但这是后话了。

《故事形态学》（1928）作为一部富于原创性的经典之作，其术语体系的翻译令人颇费踌躇。如核心概念"функция"，曾被直译为"功能"，但在《现代汉语词典》里，"功能"指的是"事物或方法所发挥的有利的作用"，就汉语的语感而言，难以让人联想到事物本身的构成成分，与原文所要表达的意思并不对应。事实上，作者是将其作为进行结构分析的基本单元来使用的，与民间故事研究的其他流派所使用的"情节""母题"等概念是在一个平面上，是一个构成元素的单位。经过反复斟酌，创用了"功能项"这个译名，力图体现他结构分析理论的基本理念。作者所说的神奇故事的三十一个功能项，就相当于三十一个零部件，它们按照一定的顺序排列起来，就能组合出看似千变万化而实则具有同一性的神奇故事来。再如"cxema"，在许多转译中译成"公式"。"公式"一般表达的是一种固定的数量关系，可以推及所有同类事物。而在《故事形态学》中，依我的理解，作者只是将一个个故事的构成成分依据排列顺序用标记符号表示出来，这种排列关系既有内在的同一性，又有充分的变异性，每个故事的排列都不会与其他故事完全相同，故将其译成了"图式"。至于"repой"，俄文的第一个义项是"英雄"，还有一个义项是"主人公"。因为这里是从叙事的角度分析人物的活动，并不着重于谈论人物的功绩和品质，所以我取了后一个义项。我希望这些译法能更接近作者的本意，但是否妥当，还有待方家评说。

《神奇故事的衍化》（1928）一文是作者从《故事形态学》的结构形态分析转向进行历史文化阐释的第二本书《神奇故事的历史根源》的"桥梁"。《神奇故事的结构研究与历史研究》（1966）一文借与法国结构主义大师列维－斯特劳斯论战，阐述了作者一贯的学术立场，并对一些研究背景做了说明。《在1965年春天纪念会上的讲话》（1995）是作者对自己学术生涯的一个总结。在此一并译出，目的在于尽量相对完整地展示普罗普的学说体系，促进国内对普罗普研究的深入开展。

这项工作，对译者的专业基础和俄语水平都是极大的挑战。个中艰辛，非亲身经历难以体会。这本译作得以面世，有太多的师友需要感谢。如果没有他们的多方支持和无私相助，这项堪称艰难困苦的工作恐怕早就半路放弃了。

首先，我要深深感谢我的导师钟敬文先生。这项翻译和研究工作一直是在他的指导下进行的。记得2001年夏天去西山看望在那里疗养的先生，当时刚译出《神奇故事的结构研究与历史研究》的初稿，谈及这篇文章的主要内容和价值，先生立刻说："你这篇东西不要给别人，我们以后出外国民俗学译文集的时候可以用。"师弟萧放博士在旁打趣说贾放要当普罗普专家了，我连声说我哪里当得了。这时先生笑吟吟地看着我说道："你可以朝着这个方向努力嘛！"先生驾鹤西去已三年有余，但那殷殷期待的目光，每逢想起，总是新鲜如昨，鞭策着我不敢懈怠。

我还要感谢刘魁立先生的多方指教。我从刘先生的文章以及欧洲民俗学史课中获益良多。在翻译中遇到疑难，常借听课之机向刘先生求教，即使是路遇，也能从他三言两语的谈话中得到点拨。刘先生是我的博士论文答辩会主席，他在审阅论文时对一些重要概念的译名提出了十分宝贵的意见，如"недостача"译作"缺失"、"пособничество"译作"协同"、"трансформация"译作"衍化"等，都是遵从了刘先生的意见。在此说明，不敢掠美。

还有董晓萍教授，为这套"外国民俗文化研究名著译丛"，她做了大量台前幕后的工作，从不计较个人得失。跟这样一位充满人格魅力的严师益友一起工作，总能令人在辛苦中发现真正的快乐。在翻译的最后阶段，每当我为进展太慢而焦虑时，她总是告诫我不要心急，要保证质量。我在获得博士学位三年之后，还能在完成繁重的本职工作之余，勉力履行承诺，也是不敢有负我一直抱有深厚感情的这个学术集体和我衷心敬重的董老师。

我在俄苏文学界的师友们是我做这件事的坚强后盾：蓝英年、南正云、陈宝辰诸位前辈以不同方式给了我大量直接或间接的帮助。尤其是蓝先生和南先生，我自己解决不了的俄语问题，便积攒起来去问他们，以至于过一段时间不联系，蓝先生会打电话来问："你还有什么问题？"他的俄国朋友来看望他，他也不忘让我"利用"一下。南先生的善良、率真和博学，让人不止是佩服，听南先生说话，本身就是一种享受。同辈周启超、吴泽林，都是我可以随时麻烦的"全天候"朋友，他们的帮助在此不一一细述了。

曹卫东博士帮我解决了《故事形态学》中的德文问题。聂鸿音、伍铁平两位先生分别帮我译出了书中的拉丁语术语。

这些师友都是各自研究领域里的专家，都处于百忙之中，但对我的打扰却有求必应，我钦佩他们的博学多闻，更感谢他们的古道热肠。

在此书面世之际，我愿意把它看成是我们共同劳动的成果。

我的同门师兄弟萧放、万建中、黄涛、叶涛、张冰等常常督促、鼓励我尽快做好这件事，著名文艺美学家王一川博士几次说对这本书"学界翘首以盼"，这些对我都是很大的激励。

我要感谢的俄罗斯友人有：俄罗斯科学院圣彼得堡分院文学研究所的民间文学专家、普罗普档案馆负责人玛尔登诺娃（А. Н. Мартынова）女士，俄罗斯科学院圣彼得堡分院文学研究所民间文学研究室主任郭列洛夫（А. А. Горелов），圣彼得堡大学俄罗斯文学系副教授、民间文学专家安东尼耶娃（С. Б. Адоньева），俄罗斯科学院圣彼得堡分院民族学与人类学研究所的汉学家列舍托夫（М. Решетов），他们中有几位是普罗普的学生，曾得普罗普亲炙，当得知我打算将他们衷心爱戴的导师的著作译成中文时，个个欣喜之情溢于言表，给我提供了大量十分宝贵的资料。还有我在东方系工作时的同事汉学家柳霞（Л. Г. Казакова）女士、司格林（А. Спешнев）先生，以及我的学生安娜、马克、聂权、刘沙，他们帮我答疑解难、联系版权等，不厌其烦。

衷心感谢普罗普之子米哈依尔·普罗普（М. В. Пропп），这位很有成就的海洋生物学家，虽然未曾子承父业，但深谙父亲学术思想的价值，乐于看到父亲的著作能在中国这样一个大国得到传播。2001年秋，他和夫人来北京旅游，我同中华书局的编辑金英女士一起去看望他，聚首之时，言谈甚欢。听了我们的介绍以后，他作为普罗普著作权的唯一继承人，欣然将本书的中文版权授予了中华书局。

感谢俄罗斯著名民间文学专家、俄罗斯国立人文大学高等人文研究所（莫斯科）的涅赫留多夫（С. Ю. Неклюдов）博士，虽未曾谋面，但慨然应允将其大作《弗·雅·普罗普与〈故事形态学〉》作为中译本代序。周启超兄为此事往返联络，付出许多辛苦，在此一并致谢。

译文初稿完成后，施用勤兄于百忙中拨冗为我逐字逐句进行审校，做了许多正误的工作，对译文质量起了重要的保证作用。与施兄相识多年，但此前并无深交。多次听一些德高望重的前辈夸赞他的人品、译德、学问和中外文功力，此次合作亲身感受"诚哉斯言"！

感谢国家社科基金委的支持，我的"普罗普故事学思想研究"项目于2004年获得国家社科基金资助，这本译作作为项目成果之一，希望能不辱使命。

感谢富有学术眼光的中华书局，尤其是金英女士和胡友鸣先生，没有他们的敬业和热诚，这本书是无法这样顺利地问世的。

感谢我的亲人们的理解和默默支持，他们是这项工作的无名参与者。

这本书连同其姊妹篇《神奇故事的历史根源》的翻译自动笔至完成，断断续续用了六年多的时间。这是我人生中一段充满挑战的艰辛旅程，但也是收获累累的过程——不止是专业知识和俄语水平的长进，还有长期浸润在这样一份汇聚了智慧、热诚、博学的文化遗产中所受到的精神熏染，这对我今后的研究工作会大有裨益。因此事而与那么多可敬的人合作，感受人世间的美好情感，对我是另一大收获。

虽然我主观上希望尽己所能认真做好这项有意义的工作，但因为水平所限，译文中恐怕还会有这样那样的不足，我期待着读者的批评和指正。

2005年春于北京

中文版再版后记

贾放

《故事形态学》中译本初版于2007年问世，是中华书局出版的"外国民俗文化研究名著译丛"中的一本。初版印了四千册，当年即售罄。时隔十五年，终于有机会再版，让需要它的读者有书可用，让我这个译者觉得不枉费当年的辛苦，心中的喜悦自不待言。

在初版"译后记"里，我用不短的篇幅讲述了翻译这本书前前后后的故事，以及对众多师友的感谢，那些内容就不再赘述了。

近百年间，国内学界引进的各种理论和研究范式不可谓不多，此消彼长，有的今天已经只有学术史的意义；而普罗普的故事研究理论历经近百年还有这么多读者，还不断有新的应用研究成果问世，可见其价值和生命力。

我在二十多年前所做的一些基础性工作，远远没有呈现普罗普这位大家的学术贡献的全貌，可做的研究题目还很多。在完成博士论文答辩并出版了《神奇故事的历史根源》《故事形态学》的中译本之后，本来有后续的翻译和研究计划，但迟迟没有完成——我主要的时间精力放在汉语教学及研究上，那是我的本职工作，普罗普研究是只能业余耕种的"自留地"。十几年里，除了利用赴俄罗斯任教的机会做一些文献收集的工作，翻译和写作基本上被束之高阁。以博士论文为基础的专著《普罗普的故事诗学》被列入"二十世纪俄罗斯诗学流派研究"项目,可由于抽不出时间精力,最终也没能做多少补充和修订工作就出版了,留下了不少遗憾。普罗普的第三本故事学专著《俄罗斯故事论》正在翻译中,希望能克服拖延症,尽早完稿。

不过,尽管这些年在普罗普研究上没什么长进,但因为以往与普罗普的"瓜葛",我还是不时会应邀为一些期刊文章和学位论文做评审工作,参加一些相关的学术讨论。前不久还以《普罗普的世界,世界的普罗普》为题,为"民俗学与当代社会"系列学术沙龙做了一次讲座。每逢参与这类活动,我都会注意收集同行和学生们的反馈。将一个经典理论范式放在当代语境中观照,应用于不同的研究对象,往往会有新的认识角度,青年学子们的开阔视野和敏锐思维,为我们提供了教学相长的机会。当然,也有一些研究文章我看不太懂,一些议论令我不由得去思考:《故事形态学》对后世研究的借鉴意义究竟在哪里?普罗普用结构形态研究方法萃取出一百个俄罗斯神奇故事的构成要素,理清诸要素间的结构关系,由此对故事类同性问题做出了独创性的解答,其理论方法的阐释力与穿透力,令其至今依然是文本结构研究的利器。与此同时,它也有其语境及对象的限定性,三十一个功能项,若简单套用来分析其他类型的故事,未见得能够一一对应。与其热衷探求普罗普具体结论的"普适性",不如把关注点放在其方法论的价值上,这是其思想光芒所在,也是其生命力历久弥新之奥秘所在。

掌握经典之精髓的基础是完整阅读、认真阅读。要了解普罗普形态结构研究的思想脉络,《故事形态学》正文和《神奇故事的衍化》《神奇故事的结构研究与历史研究》两篇文章互相呼应,具有密切的相关性;《在1965年春天纪念会上的讲话》是普罗普七十岁庆生感言,可以看作他的学术自传,生动、传神、温暖。

新版正文没做改动,初版附录的文章里有个别书名和人名的笔误,借再版之机得以纠正,"译后记"有几处用语、语序调整,在此说明。

最后,要向乐府文化致以诚挚的感谢。感谢涂涂先生、李洁女士和武霖女士为此书再版付出的诸多辛劳和努力,从文字细节到装帧设计,努力做到最好,新版书能以现在这样的面貌呈现,他们劳苦功高。

2022 年 10 月 20 日

图书在版编目（CIP）数据

故事形态学 / （俄罗斯）弗拉基米尔·雅可夫列维奇·普罗普著；
贾放译. —广州：广东人民出版社，2024.3
ISBN 978-7-218-17140-1

Ⅰ.①故…　Ⅱ.①弗…②贾…　Ⅲ.①民间故事—文学研究—俄罗斯
Ⅳ.① I512.077

中国国家版本馆 CIP 数据核字（2023）第 247991 号

GUSHI XINGTAIXUE
故事形态学
［俄罗斯］弗拉基米尔·雅可夫列维奇·普罗普　著
贾放　译
施用勤　校

出 版 人： 肖风华

责任编辑： 李幼萍
特约编辑： 武　霖
责任校对： 李伟为
装帧设计： UNLOOK　unlook-guanggao.com
责任技编： 吴彦斌

出版发行： 广东人民出版社
地　　址： 广州市越秀区大沙头四马路 10 号（邮政编码：510199）
电　　话：（020）85716809（总编室）
传　　真：（020）83289585
网　　址： http://www.gdpph.com
印　　刷： 广东鹏腾宇文化创新有限公司
开　　本： 889mm×1194mm　1/32
印　　张： 9.125　　**字　　数：** 232 千
版　　次： 2024 年 3 月第 1 版
印　　次： 2024 年 3 月第 1 次印刷
定　　价： 98.00 元

如发现印装质量问题，影响阅读，请与出版社（020-85716849）联系调换。
售书热线：020-87716172